九旬老人是"长生不老"还是死而复生真相扑朔迷离

咫尺之间
Seconds Away

哈兰·科本 著　周鹰 译

重庆出版集团　重庆出版社

Seconds Away Chinese language edition arranged through Amer-Asia Books, Inc. (GlobalBookRights.com).
All Rights Reserved.
本书中文简体字版通过四川一览文化传播广告有限公司
(Sichuan Yilan Transmission Co, Ltd.)
授权在中国大陆地区出版并独家发行
版权所有　违者必究
版贸核渝字（2013）第 308 号

图书在版编目(CIP)数据

咫尺之间 /（美）哈兰·科本著；周鹰译. —重庆：重庆出版社，2013.11
ISBN 978-7-229-07282-7

Ⅰ. ①咫… Ⅱ. ①哈… ②周… Ⅲ. ①长篇小说－美国－现代
Ⅳ. ①I712.45

中国版本图书馆 CIP 数据核字（2013）第 294307 号

咫尺之间
ZHICHI ZHIJIAN

〔美〕哈兰·科本　著　周鹰　译

出 版 人：罗小卫
责任编辑：罗玉平
责任校对：夏　宇
装帧设计：重庆出版集团艺术设计有限公司·王芳甜

重庆出版集团
重庆出版社　出版

重庆长江二路 205 号　邮政编码：400016　http://www.cqph.com
重庆出版集团艺术设计有限公司制版
自贡兴华印务有限公司印刷
重庆出版集团图书发行有限公司发行
E-MAIL:fxchu@cqph.com　电话：023-68809452
全国新华书店经销

开本：880mm×1230mm　1/32　印张：8.625　字数：220 千
2014 年 4 月第 1 版　2014 年 4 月第 1 版第 1 次印刷
ISBN 978-7-229-07282-7
定价：32.00 元

如有印装质量问题，请向本集团图书发行有限公司调换:023-68706683

版权所有　侵权必究

zhichi zhijian

目录

第一章 ///////////// 001　　第十三章 ///////////// 068

第二章 ///////////// 007　　第十四章 ///////////// 073

第三章 ///////////// 014　　第十五章 ///////////// 081

第四章 ///////////// 022　　第十六章 ///////////// 084

第五章 ///////////// 025　　第十七章 ///////////// 087

第六章 ///////////// 028　　第十八章 ///////////// 098

第七章 ///////////// 036　　第十九章 ///////////// 106

第八章 ///////////// 040　　第二十章 ///////////// 111

第九章 ///////////// 047　　第二十一章 ///////////// 118

第十章 ///////////// 051　　第二十二章 ///////////// 120

第十一章 ///////////// 060　　第二十三章 ///////////// 126

第十二章 ///////////// 062　　第二十四章 ///////////// 135

第二十五章	141	第三十八章	219
第二十六章	144	第三十九章	224
第二十七章	148	第四十章	228
第二十八章	152	第四十一章	231
第二十九章	154	第四十二章	234
第三十章	166	第四十三章	239
第三十一章	170	第四十四章	241
第三十二章	182	第四十五章	249
第三十三章	190	第四十六章	252
第三十四章	193	第四十七章	261
第三十五章	197	第四十八章	265
第三十六章	204	第四十九章	270
第三十七章	210		

第一章

在我们的生活中,某些时刻可以改变一切。我不是指小变化,比如某种麦片成为你的最爱,或者你进入高级班,或者你爱上某个女孩,或者你未来二十年会在哪里生活等。我指的是完全改变。上一刻,你的世界还是这样的。下一刻——啪嗒!——它被完全改变。你在现实中已经接受的所有规则,你已经认可的所有事情,统统被颠倒过来。

比如,上变成下、左变成右、生变成死。

我盯着那张照片,意识到这些全然改变生活的时刻总是近在咫尺。我亲眼看到的一切,已经让我一头雾水。因此,我眨了几下眼睛,又看了看——仿佛期待那个图像会改变。但它没变。

这是一张很旧的黑白照片。我在脑子里飞快地算了一下,它肯定是大约二十年前拍的。

"这不可能。"我说。

别以为我疯了(你可能很快就会这样想),我不是在和自己说话,我是在和蝙蝠女人说话。她就站在离我几英尺远的地方,身上仍然穿着那件白色长袍。她什么也没说。尽管她一动不动地站在那里,她长长的灰色头发看上去却仿佛在动。她皱巴巴的皮肤上沟壑纵横,仿佛一张被反复折叠展开过太多次的纸。

即使你不知道这位蝙蝠女人,你也一定知道其他蝙蝠女人。她通常是一位令人毛骨悚然的老女人,住在街区那头一座令人毛骨悚然的旧房子里。每个小镇都有一个。你在校园里一定听说过有关她的传言,知道万一被她抓住,可能发生一切可怕的事情。如果你是小孩子,最好离她远点。即使你是大孩子——比如像我这样的高二学生——嗯,你仍然会离她远点,因为尽管你已经长大,知道那些传言都是胡说,不再相信那种事情,那座房子仍旧会把你吓得够呛。

但现在,我却在这里,在她的巢穴里,盯着一张照片看。而且,我很清楚,照片上的人不可能是我想象中的人。

"这人是谁?"我问她。

她的声音沙哑,听上去和我们脚下破旧的木地板发出的吱嘎声差不多。"屠夫罗兹。"她低声说。

照片上的男人穿着二战时的党卫军制服。简而言之,据蝙蝠女人说,他就是一个杀人不眨眼的纳粹,杀过许多人,包括她的父亲在内。

"这张照片是哪时拍的?"我问。

蝙蝠女人好像对这个问题有些不解。"我不清楚。可能是1942年或者1943年。"

我又看了看照片上的男人。我的头眩晕起来。这一切都讲不通。我试图用我确切知道的事情让自己镇定下来:我知道,我的名字是米基·博利塔。不错的开始。我是布拉德·博利塔(已故)和小猫·博利塔(在康复中心)夫妇的儿子。我在卡塞尔顿高中上学,我是新来的,还在适应环境。可是,眼前这张照片仍然让我觉得自己或者是妄想狂,或者是十足的疯子。

"怎么啦,米基?"蝙蝠女人问我。

"怎么啦?"我重复道,"你在开玩笑,对吗?"

"我不明白你的话。"

"这"——我指着那张照片——"是屠夫罗兹?"

"对。"

"你认为他二战快结束时就死了?"

"别人是这样告诉我的,"她说,"米基?你是不是知道些什么?"

第一次见到蝙蝠女人的情景闪现出来。我正往新学校走,她突然出现在这座破败的房子门口。我差点失声惊叫起来。她抬起一只鬼魅般的手,指着我,说出七个字,像一记重拳直击我胸口:

米基——我不清楚她为何知道我的名字——你父亲没死。

正是这七个字,让我走上这条荒唐的路,把我带到这里……见到这张照片。

我从照片上抬起头:"你为什么要那样说?"

"说什么?"

"说我父亲没死。你为什么要对我说那样的话?"

她没吭声。

"因为我在那里,"我声音颤抖地说,"我亲眼看到他死了。你为什么要说那样的话?"

"告诉我,"她用她那沙哑苍老的声音说,"把你记得的事都告诉我。"

"你这话当真?"

老女人默默卷起衣袖,让我看那个文身,那个标示着她是奥斯维辛集中营幸存者的文身。

"我刚才给你说了我父亲是怎样死的,"她说,"现在该你说了。告诉我发生的事。"

一股寒意从我脊柱上升起。我环视着阴暗的房间。一张乙烯基唱片在旧唱机上转动,刮擦出马力乐队的一首老歌,名叫"时光停止"。我妈妈曾是马力乐队的粉丝。在她名气很大的那些日子里,她甚至和乐队成员是朋友。但我的到来让她的所有梦想成为泡影。那张该死的照片就放在蝙蝠女人的壁炉上，20世纪60年代的五个嬉皮士穿着紧身T恤，胸口都有那只蝴蝶。

"告诉我。"蝙蝠女人又说。

我闭上眼睛，深深地吸了一口气。回忆让我很痛苦，但我好像每天晚上都会回到那天。

"我们开车去圣地亚哥，只有爸爸和我。收音机开着。我们都在笑。"这是我记得最清楚的，爸爸的笑声。

"嗯，"她说，"后来发生了什么？"

"一辆SUV冲过隔离带，迎头撞向我们。轰隆，就这样。"我暂停片刻。我几乎还能感觉到那可怕的猛烈震动，安全带的拉力，突如其来的黑暗，"汽车翻了。我苏醒过来时，被卡在车里。消防员正设法把我救出来。"

"你父亲呢？"

我看着她。"你认识我父亲，对吗？我伯伯告诉我说，我父亲小时候来过这座房子。"

她没理会我的问题。"你父亲，"她重复道，"他在车祸中情况怎样？"

"你知道发生了什么事。"

"告诉我。"

我仿佛仍然能看到爸爸。"爸爸仰面躺在那里。他的眼睛闭着，脑袋四周全是血。"

我心里翻腾起来。

蝙蝠女人向我伸出一只瘦骨嶙峋的手。"没事了。"

"不。"我厉声说。现在，我的声音中有了怒气。"有事。而且很严重。因为，你知道吗，一名急救员正在救我爸。他长着沙色头发，绿色眼睛。最后，这名急救员抬头看着我。当我们的目光相遇时，他摇摇头。就摇了一下,但我明白了,他的表情已经说明一切。完了。我爸爸死了。我看到的最后一件事,是我爸爸躺在轮床上,那名沙色头发绿眼睛的急救员正把他推走。"

蝙蝠女人没说什么。

"但这"——我举起那张旧黑白照片。我的声音哽住了,眼泪急速涌上来——"这张照片上的人不是什么老纳粹。这是那个急救员。"

蝙蝠女人的脸本来白得瘆人,现在好像更白了。"我不明白。"

"我也不明白。这就是你说的屠夫罗兹吗?他是把我爸爸推走的急救员。"

她的反应让我大吃一惊。"我累了,米基。你现在必须离开。"

她把一只手放到嘴边:"有时,当我们非常想让某件事情变得很糟时,我们真的能做到。你明白吗?"

"我不想让这张照片是急救员的照片。就这么简单。"

她摇摇头,她那齐腰长的头发在微微飘扬。"记忆并不那么可靠。你再大一些就明白了。"

"你是说我弄错了吗?"

"即使屠夫罗兹不知怎么活了下来,他现在也快九十岁了。当急救员太老。"

"哇哦,我没说过他有九十岁。他和这个人一样大。"

蝙蝠女人只是看着我,仿佛我脑子出毛病了。我知道这一切听上去很怪——仿佛精神错乱的人在胡言乱语。"时光停止"结束,另一首歌开始。她退后一步,她破烂的白色长袍从破旧的木地板上拖过。她目光严厉地盯着我。

"怎么啦?"我说。

"你该走了。而且你可能短时间内不会再见到我。"

"我不明白。"

"你弄错了。"她说。

眼泪渐渐噙满我的眼眶。"你以为我能忘掉那张脸吗?能忘掉他把我父亲推走前看我的眼神吗?"

她的声音现在已经生硬如钢:"出去,米基。"

"我不会——"

"出去!"

第二章

一小时后，我坐在自己家后院里——或者更准确地说，是我伯伯米隆的后院里——把一切都告诉了伊玛。她一如既往的一袭黑色衣裤，与她头发的颜色很吻合。她的眼妆也是黑的。她中指上戴着一个银色头盖骨和腿骨交叉的戒指，耳朵上的耳环多得我都数不清。

伊玛天生性情阴郁，经常闷闷不乐。但此刻，她却凝视着我，仿佛我突然之间长出了第三只手。

"你就这样从那里回来了？"伊玛说。

"我又能怎样呢？"我反问道，"难道把那个老女人揍一顿，把信息给打出来？"

"我也不知道。但你怎么可能就那样离开？"

"她上楼去了。我能怎样，跟着她上去？万一——谁知道呢——万一她开始脱衣服之类的呢？"

"呸，"伊玛说，"太厌恶了。"

"这下你明白了吧？"

尽管伊玛甚至不到十五岁，但她身上有许多文身。她的身高也许只有五英尺四英寸，她的体形可能会被我们这个社会的大多数人称为偏胖。几个星期之前我们认识时，她形单影只地坐在那张"帮外人"餐桌边吃午餐。她声称喜欢那样。

伊玛盯着那张旧的黑白照片。"米基？"

"嗯?"

"你不会真的相信这是同一个人吧?"

"我知道这听上去很荒唐,但……"我打住话头。

伊玛有她自己的魅力。她的外壳,也就是她展现给全世界看的外表,极具防御性,看上去不友好。她也不是那种传统意义上的漂亮女孩。但当她用那双大大的棕色眼睛看着我时,就像现在这样,目光专注,满脸透出关切,她看上去几乎就是仙女。

"继续说。"她说。

"那次事故,"我开口道,"是我生活中经历过的最糟糕的时刻,太惨了。我爸爸……"记忆潮水般涌来。我是独生子。我出生后,我们一家三口大多数时间住在海外,幸福地穿梭在世界上最偏远的角落之间。我一直以为,我们就是无忧无虑的游牧民,国际波西米亚人,为不同的慈善机构工作。我没有意识到我们那样的生活还有更多其他的意义。

"别难过了。"伊玛说。

但我很难再说下去。如果你很多时间都处于旅行状态,你就没机会结交很多朋友,或者确切地说是任何朋友。这也是我那么想安定下来的原因之一。因此,我爸爸最终辞掉工作,带着我们搬到加州,到一所真正的学校给我注册,然后,唉,死去。所以你瞧,我们回到美国之后发生的一切——父亲的死,母亲一落千丈——都是我的错。无论你想怎样否认,这都是我的错。

"如果你不想告诉我……"伊玛说。

"不,我想。"

她再次用她那双大眼睛看着我,神情如此专注、理解、善良。

"那次事故,"我说,"带走了一切,让爸爸丧命,让妈妈崩溃。"

我没说它对我造成的伤害——我也不知道我是否能彻底摆脱它对

我的影响。但那与现在的事无关。我现在要弄清楚的是，怎样才能把这一切与急救员和照片上的男人联系起来。

我缓慢说道："当你经历那样的事，当某件事发生得那么突然，毁掉了你生活中的一切时……你会记得每一点，每一个细节。我这样说没错吧？"

"当然。"

"那个急救员，他是第一个让我知道我父亲死了的人。我永远不会忘记他的样子。永远不会。"

我们又默默地坐了一会儿。我看着篮圈。米隆伯伯知道我要住到他这里来时，换了一个新的。我们俩都能在篮球中找到安慰。有条不紊地运球，后仰跳投，"嗖"地钻过篮圈的球，都能带给我们慰藉。尽管我被迫和伯伯住在一起，但我无法完全原谅他。篮球是我们唯一的共同爱好。

是的，我不能原谅他。我猜，我也无法原谅自己。

也许，我和米隆伯伯之间还有其他共同之处。

"你别对我发火，好吗？"伊玛说。

"好的。"

"我理解你说的每一个字。你知道的。而且，嗯，刚刚过去的这个星期太疯狂了。这点我也知道。但是，我们能不能稍微理智地看待这件事？"

"不能。"我说。

"嗯？"

"我知道，这看上去很不理智。我应该被锁进精神病院的软禁病房。"

伊玛笑着说："唉，你又来这套了。但我们还是从头开始，把所有的头绪理理，一步一步地来，好吗？我只是想把事情先搞清楚。"

我不情愿地点点头。

"首先"——她竖起一根涂着暗红色指甲油的手指——"你上周上学时路过令人毛骨悚然的蝙蝠女人的屋子,尽管你不认识她,以前从没见过她,她却告诉你说,你父亲还活着。"

"对。"

"不可思议,对吗?我的意思是说,她怎么会知道你是谁,怎么会知道你父亲死了——她那样说用意何在?"

"不知道。"我说。

"我也不知道。那我们来看第二点。"伊玛竖起第二根手指。这根手指上戴着头盖骨戒指,涂着淡黄色指甲油。"一个星期后,在我们经历过生死考验之后,蝙蝠女人又告诉你说,她的真实姓名是莉齐·谢克曼,大名鼎鼎的大屠杀幸存女英雄,二战结束后谁也没再见过的人。然后,她把这张照片给你,还说照片上的人就是杀她爸爸的纳粹。而你认为,这和用轮床把你爸爸推走的人是同一个人。"伊玛摊开双手,"我这样说基本概括清楚了吗?"

"非常清楚。"

"那好,我们有点眉目了。"

"真的?"

她向我做了个手势。"别的我们暂且不说。首先,不知何故,这个人七十年来一点都没老。"

"好。"

"还有一个问题:你总说那个急救员长着沙色头发和绿色眼睛。"

"对。"

"这是你对他记得最清楚的,是吗?绿眼睛。我记得你还说过,他的眼珠周围有黄圈之类的。"

"对,那又怎样?"

"但是，米基，"伊玛把头偏向一边，她的声音更温柔了，"这张照片是黑白的。"

我无语。

"你看不出颜色。那你怎么能说他的眼睛是绿色的呢？你不能，对吗？"

"我猜不能。"我嗫嚅道。

"那我们干脆说得简单点吧，"伊玛说，"什么可能性更大呢？屠夫罗兹和一位急救员长得有点像？你的想象力更丰富，或者换句话说，你认为年届九旬的老纳粹现在成了加州的年轻急救员？"

当然，她的话有道理。我知道，我的思维还不太清晰。过去一周里，我惨遭毒打，差点送命。我看到一个男人头部中弹。当伊玛的喉咙就要被割破时，我被迫无助地站在一旁干着急。

而且，这还根本不是最惊险的部分。

伊玛站起身，没再理会我，迈步离开。"我该走了。"

"你去哪里？"

"明天见。"

她总是这样——自己消失掉。"我送你回去吧。"我说。

伊玛用双手按住嘴唇，皱着眉头看着我。

"天不早了。可能不安全。"

"你不是在开玩笑吧？我是谁呀，四岁大的小女孩？"

但我不是那意思。不知何故，伊玛就是不让我知道她住哪里。她每次都直接消失在树林里。诚然，我们已经迅速亲近起来，也许都成了对方有史以来最好的朋友。但我们俩都有自己的秘密。

伊玛快要走出后院时，停下脚步。"米基？"

"什么？"

"关于那张照片。"

"嗯？"

她想了想才说："我觉得你没发疯。"

我等着她继续说下去。但她没有。

"那怎么办？"我问，"如果你觉得我没发疯，那是什么？虚幻的希望？"

伊玛又想了想。"可能。但这整件事还有另一面。"

"是什么？"

"也许我也疯了，"她说，"但我相信你。"

我站起来，向她走过去。我身高六英尺四英寸，比她高出一大截。我相信，我们站在一起看上去一定很怪。

她仰头看着我说："我不知道为什么会这样，而且，是的，我也知道所有的矛盾。但我就是相信你。"

我感激不尽，直想流泪。

"问题是，我们对这件事该怎么办？"伊玛问。

我扬起眉毛。"我们？"

"当然。"

"这次不行，伊玛。我已经让你经历了太多危险。"

她又皱了皱眉。"你能不能别做出这副保护者的姿态呀？"

"我必须自己处理这件事。"

"不，米基，你不能。无论这事是什么，无论你和蝙蝠女人之间发生什么事，都与我有关。"

我不知道该说什么才好，只好作罢。"那我们先睡觉，明天再说，好吗？"

她转过身，扫视着后院。"你知道最有趣的是什么吗？"

"什么？"

"从头开始，这件事就是因为一个疯子老女人说你父亲还活着。但现在，嗯，我不那么确信她是疯子了。"

　　说罢，伊玛消失在夜色里。我抓起篮球，想让自己沉浸在投篮的禅定中。是的，我知道这听上去是什么感觉，但发生了这么多事情后，我渴望片刻平静和安宁。

　　但我却无法得到。

　　我当时就在想，情况不妙。但很快我就会知道，情况还会变得很糟糕。

第三章

我正准备跳投，就听到米隆伯伯的车开回来了。

米隆·博利塔可以称得上这个小镇的传奇运动人物。他是每一项篮球纪录的保持者，大学时曾两次参加美国大学篮球锦标赛四强赛，第一场露面就被波士顿凯尔特人队选中。可惜突如其来的膝盖伤断送了他还未真正开始的NBA生涯。

我经常听到我爸爸——米隆的弟弟——说，那次意外对伯伯是灾难性的打击。我爸爸一直很爱米隆，把他当英雄一样崇拜，直到我妈妈怀上我。说得委婉一点，米隆不接纳我妈妈。我猜，他还用很夸张的语言将自己的观点表露出来。两兄弟甚至为此大打出手，米隆真在我爸爸脸上狠狠揍了一拳。

他们从此没再见面和说话。

现在，当然一切都太迟了。

我知道米隆对这事很不安。我知道这事让他很伤心，知道他想在我身上补偿。但他不明白的是，我不会原谅他的。在我眼里，他就是将我父母推上绝路，最终导致爸爸的死和妈妈吸毒的罪魁祸首。

"嗨。"米隆说。

"嗨。"

"你吃东西了吗？"他问我。

我点点头，投出一个球。米隆抓到篮板球，将它回传给我。篮球场对我们俩都意义重大。我们都知道这点。这里是中立领地,免战区,我们自己的小小休战地。我又投出一个球,痛得缩了一下。米隆注意到了。

"再过两周选拔赛就开始了,对吗?"他问。

他说的是高中篮球队选拔赛。我承认,我希望我能打破他保持的纪录。

我摇摇头。"提前了。"

"那什么时候开始?"

"星期一。"

"哇哦,太快了。你激动吗?"

我当然激动。而且非常激动。但我只是耸耸肩,又投了一个球。

"你才上高二,"米隆说,"校队不接收太多高二生。"

"你也是高二开始的,对吗?"

"没错。"米隆再次把球传给我,改变了话题。"昨晚的伤还很痛吧?"他问。

"是的。"

"还有别的吗?"

"你的意思是?"

"我在想,我们或许应该去看医生。"

我摇摇头。"只是有点痛。"

"你想谈谈发生的事情吗?"

我不想。

"我觉得,你好像让自己和其他人陷入了危险。"米隆伯伯说。

我在想该怎样掩饰真相。米隆知道一些。警察也知道一些。但我不能把一切都告诉他们。反正他们也可能永远不会相信的。其实,我自己都不信。

"米基，当英雄总会有后果，"米隆伯伯柔声说，"甚至在你确信自己做的事情正确无误时。我吃了很多苦头才明白这点。"

我们四目以对。米隆正要再说下去时，他的手机响了。他看看来电号码，脸上掠过一丝类似震惊的表情。

"对不起，"他对我说，"但我需要接听这个电话。"

他走到院子那边，低头说起话来。

你让自己和其他人陷入了危险……

我可以承担风险——那是我应该做的——但我的朋友们呢？"其他人"呢？我向反方向走去，拿出我的手机。

我们四个一起进入那个邪恶的夜总会，去救阿什莉。当然有伊玛和我，还有勺子和蕾切尔。勺子和伊玛与我一样，在学校也是受排斥的对象。蕾切尔却完全相反。

我需要知道他们的情况。

我先给勺子发短信，收到自动回复：我暂时无法回复。因为最近发生的事，我被限制了行动自由，直到34岁。

接着，因为他是勺子，他又补充道：亚伯拉罕·林肯的母亲34岁时死于牛奶中毒。

我忍不住笑起来。为了帮助我们，勺子"借"了他爸爸的房屋看管人员专用小卡车。在我们这个小集团中，他的父母是最关心孩子，过度保护孩子的。因此，我让他陷入了极大的麻烦之中。幸好，尽管勺子没有别的长处，却擅长随机应变。他不会有事的。

我给小集团里第四个，也是最后一个加入的成员蕾切尔·考德威尔发短信。怎样描述蕾切尔呢？我简单一点：蕾切尔是学校最漂亮的女孩。我找不到更好的词语来描述她。我猜，从定义上讲，每个学校都有校花。而且，是的，说她超级迷人一点不夸张。因此，别急着也给我贴上性别歧视者的标签。她在那个可怕地方表现出的勇敢机智令人刮目相看。

不过，如果让我完全坦率地说，首先吸引我的眼球——以及学校每个人眼球的，是她的美丽。

蕾切尔怎么会和我们联合呢？这点我一直不明白。我是个被人瞧不起的新生，伊玛是另类哥特——硬核"胖妞"，勺子是房屋看管员的书呆子儿子。

我认真思考给蕾切尔的短信内容。我承认，我在她身边时总会紧张和犯傻。我的手掌开始出汗。我知道，我应该表现得更成熟更坦然一些。大多数时候，我做到了。也可能没做到。不管怎么说，仔细想好应该输入的短信内容后，我用手指在键盘上打出这四个迷人的字：你没事吧？

你瞧，我对美女很淡定。

我等着蕾切尔回复。但没收到。米隆伯伯打完电话后，跌跌撞撞地向我走过来，神情有些茫然。

我借用给蕾切尔的聪明短信，问道："你没事吧？"

"没事。"米隆说。

"谁的电话？"

伯伯的声音听上去很遥远。"一个好朋友，很久没联系了。"

"他有什么事吗？"

米隆准备迈步走开。

"嘿？"我说。

"他请我帮个忙。很奇怪的忙。"米隆看看手表，"我必须马上出去一趟。一小时内应该能回来。"

嗯，的确奇怪。我的手机嗡嗡响起。我看看来电人姓名。当我看到蕾切尔的名字时，脉搏快了两拍。我从伯伯身边走开，打开蕾切尔的短信。内容如下：现在不能说话。我晚点打给你可以吗？

我立即回复：当然，随即又觉得这听上去是否会太着急，我是否该先等等，比如，等八秒钟，再回复，以免让自己看上去好像站在那里等着她的短信似的。

真可怜，对吗？

米隆伯伯匆匆向他的车走去。我走进厨房，囫囵吞了点东西。我想象蕾切尔正在家里给我发短信。我只去过她家一次。就在昨天。那是一处占地面积庞大的房产，车道前有一道大门。那房子看上去还很空，是个很令人寂寞的居住地。

地方报纸《西埃塞克斯论坛报》放在餐桌上。头版内容是当红女星安吉莉卡·怀亚特造访小镇，已经连续刊载三天。有传言说，不仅安吉莉卡·怀亚特要在这里拍电影，还有大字标题：

本地少年将有机会充当临时演员！

卡塞尔顿高中的每个人都兴奋不已，翘首以盼。我们学校许多男生家的墙上仍然贴着那张颇有争议的海报：安吉莉卡·怀亚特身穿湿透的比基尼。那些男生尤其激动。

我却相反，我有更重要的事情来打发时间。

我把报纸推到一边，拿出屠夫罗兹的照片。我把照片放在桌上，仔细看着它。然后，我闭上眼睛，将照片印在脑海中，像太阳黑子一样。我让自己回到那条加州高速公路上，回到那场车祸中，被困在车里，看着临死的父亲，看着那双有黄圈的绿眼睛扑灭所有希望。

我在脑子里锁定那个急救员的脸。然后，我试着在头脑中将这个图像叠印到我看那张照片时印下的图像上。

是同一个人。

但这不可能。因此，也许屠夫有个儿子，长得很像他。或者，他有个孙子。不然就是我失去理智了。

我应该再去见蝙蝠女人。我应该追问答案。

但我不得不先想好怎样接近她。我必须想清楚,考虑到每一种可能性,而且尽量保持头脑清醒。再者,我还有其他事情需要考虑。

有句老话说得好:"没有什么是确定的,除了死亡和纳税。"

无论这话是谁说的,那个人都忘了一件事:家庭作业。

我不知道是否要请米隆伯伯帮我写张纸条:

亲爱的弗莱德曼老师:

米基的法国革命作业将缓交,因为他去救另一位学生,看到一个男人被枪杀,被暴打一顿,还被警察盘问……哦,他还看到一张伪装成加州急救员的老纳粹的照片,那人告诉他说他父亲死了。

米基下周交作业。

不行。我觉得这办法行不通。我讨厌"缓交"这个词。写给学校的纸条怎么能用"缓交"这样的字眼?你怎么不直说"不能按时交"?

天啦,我需要睡觉。

我的卧室曾是米隆伯伯的卧室,他在这里睡过许多年。尽管卧室位于地下室,但有点复古和怀旧气息,还不是很差劲。里面有张乙烯基豆袋椅、一盏熔岩灯,甚至还有可以追溯到二十多年前的纪念品。

我的法国革命课作业搭档不是别人,正是蕾切尔·考德威尔。我认识她的时间不长,但在我的印象中,她是那种总是准时交作业的女孩子。你知道那种类型的学生。考试那天,她到校时发誓说会考砸,结果却以破纪录的速度做完考题,交上完美答卷。剩下的时间里,她还一丝不苟地往笔记本上补充内容。

她根本不可能让我"缓交"作业。

十五分钟后,我的手机响了。是蕾切尔打来的。

我按下接听键,说:"哈罗?"

"嗨。"

"嗨。"

还是这样。假装一切平静。我决定再次使用我屡试不爽打破僵局的武器:"你没事吧?"

"我猜是的。"她说。

但她听上去怪怪的,好像心烦意乱。

"昨晚真是疯狂一夜。"我说。

"米基?"

"嗯?"

"你觉得……"

"什么?"

"我也不知道该怎么说,米基。这件事结束了吗?感觉好像没有。"

我不知道该说什么才好。我也有同样的感觉——好像坏事刚刚开始。我想安慰她,却又不想说假话。

"不知道,"我说,"我的意思是说,应该结束了。"

电话那头一阵沉默。

我说:"我们的法国革命作业明天该交了。"

"是的。"

又是一阵沉默。我想象她孤零零地坐在那座空荡荡的豪宅里。我一点都不喜欢那地方。

"我们该把它做了吗?"我说。

"你说什么?"

"我们是不是该完成作业?我知道很晚了。但我可以到你那边去。或者,我们可以在电话里做,或者……"

然后，我从听筒里听到背景中有个声音。

蕾切尔可能喘息了一声。我不确定。我听到更多的噪声。

"蕾切尔?"我喊道。

"我必须挂了，米基。"

"怎么回事?"

"我现在不能说。"她的语气突然变得奇怪地生硬起来。

"出什么事了?"

"明天早上学校见。"她挂断电话。

但蕾切尔错了。第二天早上我将见不到她，因为到那时，一切都将不同。

第四章

一声巨大的敲门声拉开序幕。

我梦到爸爸妈妈了。梦里，我们在某个地方。但在现实生活中，我从未去过那里。我妈妈，也就是传奇人物小猫·博利塔，正在打网球。

我妈妈十七岁怀孕之前，是全世界顶尖的业余网球女选手。怀上我之后，她退出比赛，从此没再打过网球。

很奇怪，对吗？

在梦里，妈妈正参加某次重大比赛，在中场打球。观众很多。我坐在爸爸身边的看台上。但他没看我，只是含情脉脉地盯着球场上的我妈妈。我的父母一直过得很开心。大多数夫妻有了孩子之后，都不会像这样。他们会一起吃饭，一起看电影之类的。但他们好像极少目光接触。他们只是占据着同样的空间，但也许那样也能让他们得到安慰。我不知道。

我的父母却不一样。他们的目光好像从不离开对方，仿佛其他人都不存在，仿佛他们那天早上才坠入爱河，正准备在老掉牙的背景音乐中欢快地跑过一片雏菊地，深情相拥。

是的，作为他们的儿子，我可以告诉你，他们爱得令人心痛。

我一直希望我能找到那样的爱情。但现在我不想要了。那是不健康的。它会让你依赖性太强。他们微笑你微笑，他们欢笑你欢笑。但他们不笑时，你也笑不出来。

而且，他们死去时，你的一部分也会死去。

这就是发生在我妈妈身上的事。

梦中，我妈妈挥动鞭子似的前臂，成功打出一个对角线球。

观众兴奋地尖叫起来。

一个声音说："运动……比赛……小猫·博利塔！"

我妈妈把球拍扔向空中。观众纷纷站起来。我爸爸站起来，热烈鼓掌。他眼里有泪花。我也想站起来鼓掌，但却不能，仿佛被胶水黏到椅子上了。我抬头看着爸爸。他低头看着我。但突然之间，他开始飘走。

"爸爸？"

我挣扎着，但仍然无法站起来。他向天上飘去。妈妈飘到他身边。他们俩都向我挥手，示意我跟上去。妈妈大声喊我。

"快点，米基！"

但我仍然不能动。

"等等我！"我喊道。

但是，他们继续飘走。我用两只手按住扶手，试图强行把自己撑起来。但我仿佛被困住了。我还能看到父母，但他们已经飘得很远。

我永远追不上他们。我深吸一口气，再次试图站起来。

这时我才意识到，我正被向下按着。

我肩膀上有一只手。那只手很有力，将我牢牢锁定在原处。

"放开我！"

但那只手抓得更紧了。我奋力扭过身，看到那个绿眼睛、沙色头发的急救员正俯身站在我身边，他脸上仍旧挂着那副能让希望破灭的表情。

门上传来更多的敲击声。

急救员消失。我父母也消失了。

我在位于地下室的卧室里。我的心跳得咚咚响。我用力吞了几口唾沫,试图让自己镇定下来。敲门声更大了。

米隆为什么没去应门?

我翻身下床,爬上楼梯。

更多不耐烦的敲门声传来。

"来了。"我大声喊道。

米隆去哪里了?

我走到大门后。我知道我该先问问是谁,但却直接把门打开了。两名身着全套警服的警察站在门口。

我退后一步。

"你是米基·博利塔吗?"

"我是。"

"我是麦克唐纳警官。这是伯尔警官。"

"出什么事了?"我问。

"发生枪击案。你得跟我们走一趟。"

第五章

一时间,我惊得说不出话来。等我能发出声音时,我说:"是我伯伯?"

伯尔警官说:"你说什么?"

"米隆·博利塔。我伯伯。遭遇枪击的是他吗?"

伯尔看看麦克唐纳。然后,他把目光转向我。"不是。"

"那是谁?"

"我们不能随意向你透露案情,孩子。"

"我得先问问我伯伯。"

"你说什么?"

我向楼上走去。两名警官走进屋。

"米隆?"我喊道。

没人回答。

我走进米隆的卧室。他的床是空的。我看看他床边的钟。早上七点。我猜米隆起得较早,没和我打招呼就离开了。这不是他的作风。

我回到楼下。

"你准备跟我们走了吗?"伯尔问。

"我是嫌犯吗?"

"你多大,孩子?"

"快满十六了。"

"你真的必须跟我们走一趟。"

我不知道如何是好。但其实,我又有什么选择呢?

"那我先穿上衣服。"我说。

我匆匆回到地下室。我的手机在闪烁。我查看信息。有两条。第一条是伊玛凌晨4:17分发的。那女孩子不睡觉吗?短信如下:我们必须找到那个把你爸爸推走的急救员。我有一个主意。

天啦,我好想知道是什么主意。但这事不得不等等再说。

第二条短信是米隆发的:不得不一早离开,不想叫醒你。祝你愉快。

好极了。我试着打他的手机,但直接进入语音信箱。"嘟"声响后,我说:"警察来了。他们想带我去……"我停下来。他们究竟想带我去哪里?"我猜是去警察局。他们不告诉我这是怎么回事。收到留言后给我打电话,好吗?"

我挂断电话。

伯尔在楼梯上方喊道:"孩子,我们真的必须快一点。"

我匆匆穿上衣服,重新爬上楼梯。两分钟后,我已经坐在警车后座上。警车顺着街道驶去。

"你们要带我去哪里?"我问。

麦克唐纳开车。伯尔坐在我旁边。他们俩都没回答。

"我问——"

"你最好能保持沉默。"

我不喜欢这阵势。

"谁被枪击了?"我问。

麦克唐纳转过头,眯起眼睛。"你怎么知道有人被枪击?"

我不喜欢他的语气。

"呃，是你告诉我的，"我说，"在我开门的时候。"

"我只说这与一起枪击案有关。我没说有人被枪击。"

我本想说句俏皮话——比如我一定是千里眼之类的——但我心里却害怕起来。所以，我没吭声。我看到前头就是卡塞尔顿警察局，想起我前天晚上才来过这里。此刻，我又想起泰勒警长恨米隆，并因此迁怒于我。

但警车径直驶过警察局。

"我们要去哪里？"我问。

"我觉得你问的问题已经够多了。你就等着吧。"

第六章

十五分钟后,我已经坐在纽瓦克警察局的一个房间里。这一定是个审讯室。一位娇小的女人走进来,在我对面坐下。她穿着一套很雅致的西装,头发挽成发髻。我猜她大约三十岁。

她伸出手,我握住她一只手。"我是县重案组调查员安妮·玛丽·邓利维。"她说。

重案组?

"呃,我是米基·博利塔。"我说。

"谢谢你来这里和我们对话。"

她拿出一支笔,夸张地敲敲笔帽。她身后的门打开。我向那里看去。我的心顿时沉了下去。泰勒警长气冲冲地走进房间,把地板踩得山响,仿佛地板惹恼了他。他穿着警服。尽管现在他在室内,屋里光线很暗,他仍旧戴着飞行员太阳镜。

我等着泰勒警长向我甩来几句讽刺语。他没有。他抱起胳膊,靠到墙上。我把目光转回到邓利维身上。

"你知道吧,我是未成年人。"我说。

"是的,我们知道。怎么啦?"

"你们可以在我的监护人不在场的情况下审问我吗?"

她脸上掠过一个笑容,但那笑容里没有一丝笑意。"你电视看得太多了。如果你是犯罪嫌疑人,情况可能会不一样。就像现在这样,我们只是想问你一些问题。可以吗?"

我不确定该说什么。但我最后只好说:"我想是吧。"

"你的法定监护人是谁?"

"我妈妈。"

米隆伯伯曾想作我的监护人,但我们已经约定:尽管我妈妈在康复中心,她仍旧是我唯一的法定监护人,只有这样,我才会和他住在一起。

"如果你坚持,我可以给她打电话。"

"不要!"我急忙说。那将是妈妈那已经脆弱的神经最不能承受的,"没事,不用操心这个了。"

"你知道你为什么被带来这里吗?"她问。

我正想说与一桩"枪击案"有关,但想起在车里那样说时好像结果不妙。

"不知道。"

"一点都不知道?"

还是别演戏了吧。"嗯,警官说与一桩枪击案有关。"

"是的。实际上,有两个人被枪击。"

"谁?"

"你有什么要告诉我们的吗?"

"关于什么?"

"关于枪击案。"

"我甚至不知道谁被枪击了。"

邓利维怀疑地看着我。"真的?"

"真的。"

"你一点不知道?"

泰勒警长一直保持着沉默。我不喜欢这点。我看着他,甚至离得这么远，我仍能看到他太阳镜里我的影像。

"我当然不知道，"我说，"谁被枪击了？"

她改变了话题。"你能告诉我们昨晚你在哪里吗？"

事态的发展趋势好像很不妙。我又冒险瞥了泰勒警长一眼。他仍然抱着双臂站在那里。

"我在家。"

"你说的家——"

"就是你们去带我那座房子。"

"你和你伯伯住在一起，对吗？米隆·博利塔？"

提到我伯伯，泰勒警长不禁缩了一下。

"是的。"

她点点头，写下点什么。"那你告诉我，昨晚你都做了些什么？"

"我做些家庭作业，看电视，还读了一本书。"

"你伯伯在家吗？"

"不，他出去了。"

"去哪里？"

"他没说。"

"他什么时候回家的？"

"我不知道。我睡了。"

"那是什么时候？"

"你是说我什么时候睡的？"

"是的。"

"大约十一点。"我说。

邓利维把这个信息也记下来。"那时你伯伯还没回家？"

"我觉得没有。不过我也不肯定。我的卧室在地下室，我把门关上了。"

"他回家时会去看你吗?"

"通常会。"

"但昨晚没有。"

"也可能他下来时我睡着了。"

她再次做下记录。

"你昨晚还做了别的什么吗?"

"就这些。"

最后,她回头看着泰勒警长。他仍旧抱着胳膊,上前一步,恶狠狠地瞪着我。

"怎么啦?"我问。

"你和什么人说过话,或者给什么人发过短信吗?"邓利维问。

"是的。"

"哪一种?"

"都有。"

泰勒警长首次开口说话。"但你刚才没提到这点,对吗,米基?"

"你说什么?"

"邓利维调查员问你昨晚做过什么。你闪烁其词,说什么做家庭作业看电视。但你根本没提说话和发短信的事。这好像有点令人怀疑,你觉得呢?"

"我还做了个花生黄油三明治,"我说,"我还冲了澡,用的是Pert洗发水。"

泰勒警长可不喜欢我这样。"自作聪明,和他伯伯一样。米基,你这是在执法人员面前自作聪明,对吗?"

我是的。我有时管不住自己的嘴巴,会说出一些蠢话,但我通常不会蠢到自取灭亡。因此,我把嘴巴闭上了。

邓利维把一只手放在泰勒警长手臂上。"我觉得他只是想说明一个问题,警长。是吗,米基?"

也许我的确看了太多电视。但即使我没有,这也很像在上演一出好警察坏警察的闹剧。泰勒警长又冲我皱了一下眉头,重新回到墙边,狠狠靠上去,仿佛他不去靠着那墙会倒似的。

"那我们从说话开始吧,"邓利维说,"你是和什么人面谈过,还是通过电话,或者其他方式?"

我吞了口唾沫。这是怎么回事?"通电话。"

"和谁?"

"一个朋友。"

"她叫什么名字?"

她。有意思。她怎么知道不是"他"呢?

"她叫蕾切尔·考德威尔。"我说。

她低头盯着记录纸。但我可以看出,听到蕾切尔的名字时,她的身体微微抽动了一下。

我的血一下子凉了。

"噢,不……"我听到自己大声说。

"是考德威尔女士打给你的,还是你打给她的?"

"被枪击的是蕾切尔吗?她没事吧?"

"米基——"

"究竟出什么事了?"

"别激动,孩子。"

我怒视着泰勒警长的太阳镜,再次看到我自己的影像。

"闭嘴。你来这里是为了回答我们的问题,而不是反过来。明白吗?"

我没说什么。

"你明白了吗?"他又问了一遍。

我一个字都不再说。

"米基?"邓利维清清嗓子。她已经准备好做记录。"是你打给考德威尔女士,还是她打给你的?"

我头晕起来。但我竭力保持镇定。这是怎么回事?突然,蕾切尔的话在我脑海中响起:

我必须处理一些事情。

她那句话是什么意思?

"米基?"

我重新开口:"嗯,蕾切尔打给我的。"

"就这样?"

"嗯,不,我先给她发过短信。然后她给我打电话回来。"

我飞快地把我们的简单短信交流内容告诉她。我还告诉她说,我还给勺子发过短信,但他们对此没兴趣。无论发生了什么事……

……枪击……两人被杀……重案……

……与蕾切尔相关。

"也就是说,你们互发短信后,蕾切尔女士给你打电话?"

"是的。"

"你知道那是什么时候吗?"

"可能九点。"

"通话记录显示是晚上9:17。"

他们已经查过通话记录。

"听上去好像是对的。"我说。

"你们说了些什么?"

"我只想知道她是否平安。我们星期三经历了一场劫难。你们可能知道那件事。"

他们没说什么。

"所以，我想确信她是否平安无事，向她问个好，诸如此类。我们还有一个作业要完成。我以为我们可以聊聊作业的事。"

"结果呢？"

"什么？"

"你们聊作业了吗？"

"没有。"

"你认识蕾切尔·考德威尔多久了？"

"不久。我刚刚到那所学校——"

泰勒警长又插话了。"我们没问你什么时候去那所学校的。我们问——"

"我也不是很清楚。不过我想，我们第一次交谈也许是一个星期之前。"

"的确认识不久。"

"是的，不久。"我已经被吓坏了。当我被吓坏的时候，我会习惯性地发怒，甚至用讥讽的腔调说话。因此我又补充说："这下你们明白了吧，当你问'你认识蕾切尔·考德威尔多久了？'我回答'不久'时，我就是这个意思。对不起，我没说清楚。"

他们可不喜欢我这样。我自己也不喜欢。

"但你们星期三都在这里，在纽瓦克，"邓利维说，"参与了B计划夜总会的骚乱事件，对吗？"

"是的。"

"有意思。你见过蕾切尔·考德威尔的父亲吗？"

这个问题让我很吃惊。"没有。"

"她妈妈呢？"

"没有。"

"见过他的家人吗？"

"没有。拜托。这究竟是怎么回事呀？蕾切尔没事吧？"

"告诉我们你和蕾切尔的通话内容。"

"我已经说了。"

"从头开始说。一个字一个字地说。"

"真不明白。你们为什么需要知道每个字呀？"

"因为，"重案组调查员邓利维说，"就在你和蕾切尔·考德威尔通完电话后，有人向她头部开枪。"

第七章

我顿时目瞪口呆。

审讯室的门打开。一名年轻警官探头进来，说："是泰勒警长吗？有您的电话。"泰勒最后狠狠瞪我一眼，离开房间，留下我和邓利维。

我紧张地吞着唾沫。"蕾切尔她……"

她没有马上说什么。重案组（Homicide）。她说她是重案组的。我学过拉丁文。Homo的意思是"人类"，cidium的意思是"杀"，谋杀。

我不爱哭。事实上，我几乎从没哭过。我爸爸和米隆伯伯都是多愁善感的人，看到电视里煽情的商业广告，他们都可能会哭。我却不会。我能把泪水控制住。但当时，我感觉到泪水正涌入眼眶。

"她还活着。"邓利维说。

我几乎欣慰得晕过去。我张嘴想问更多问题，但邓利维把手放到嘴边，示意我别问。

"我不能随意向你透露她的情形，米基。我需要你做的事情是，帮助我找到那个向她开枪的人。你明白了吗？"

我明白。因此，我把一切都告诉她了。我回忆着我们的通话内容，尽管那很简单。我还想到我们帮着抓捕的那些坏人。米隆伯伯不是警告过我吗？你不可能抓捕坏人之后若无其事地继续生活。任何行动都有后果。

有人已经开始报复蕾切尔了吗？

"再多给我讲一些蕾切尔的情况吧。"她说。

"比如什么?"

"我们从她的社交生活开始吧。她很讨人喜欢吗?"

"非常。"

"她经常和哪些孩子一起?"

"我其实不很清楚。我已经说过,我是刚到那个学校的。"

邓利维回头看看房门,仿佛它可能会打开。但门没开。然后她说:"蕾切尔的男朋友呢,特洛伊·泰勒?他怎么样?"

尽管身陷如此危险的境地,心里如此害怕,但我听到警长儿子的名字时,仍旧感觉到脸颊红了。特洛伊·泰勒是高四学生,他不仅是校篮球队队长,而且已经把毁灭我的生活当成他的使命。

"我想,他们已经没再约会了。"我说,并竭力没让自己咬牙切齿。

"没约会了?"

"是的。"

"你没事吧,米基?"

我的双手已经紧紧握成拳头。"我没事。"

邓利维歪着头问:"你现在是她的男朋友?"

"不是。"

"你看上去有点妒忌。"

"我没有,"我有点恼怒地说,"这与蕾切尔遇到的事有什么关系吗?"

"我知道你侵犯过特洛伊·泰勒。"

这让我很吃惊。"我没袭击他。我是自卫。"

"明白了。但你们发生了肢体冲突?"

"也不全是那样。也许我出过手,动作很快——"

"这次冲突是因为蕾切尔·考德威尔吗?"

"不是。他抢了我朋友伊玛的笔记本电脑——"

"你就打他。"

"不是。不是那样的。"

"明白了。"但她的语气表明她根本没明白,"据泰勒警长说,你曾多次违法?"

"这不是事实。"

"不是?"她低头看着一张纸条,"这里说你由于私闯民宅被捕——"

"又被放了。"我说。那是发生在蝙蝠女人家的事。"我只是敲了门,没做其他的。"

她继续看那张纸条。"你还在没有合格驾驶证的情况下驾驶汽车,而且车上还有未成年人。然后,你用假身份证进入酒吧和夜总会。"

我决定把嘴闭上。这些我都可以解释清楚,但她永远不可能明白。见鬼,我自己都不明白。

"米基,你有什么要为自己辩护的吗?"

"蕾切尔在哪里?"

她摇摇头。她身后的门再次打开。伯尔警官走进房间,米隆伯伯也进来了。米隆飞快看了邓利维一眼,冲到我身边。

"你没事吧?"米隆问。

"没事。"我说。

米隆伯伯直起身,面向邓利维。尽管他不是真正的执法人员——他是运动员和演艺人员的经纪人——他却是正式律师。他清清嗓子,说:"这是这么回事?"

她冲他笑笑。"我们已经谈完了。你侄子可以走了。"

她准备起身。

"邓利维调查员?"我说。

她重新坐下。

"谁被杀了?"

她眯起眼睛。"你怎么知道——?"

现在轮到我打断她了。"你说两个人遭枪击。你还说你是重案组侦探。这意味着有人被杀,对吗?"

"并不总是这样。"她说。但她的声音很轻。

米隆站到我身边。我们俩都看着她。

我说:"但在这桩案子里呢?"

她慢条斯理地低头收拾记录纸。然后,她接着说:"开枪的人也向蕾切尔的妈妈开了枪。嗯,是的,她死了。"

第八章

如果你得知一位朋友惨遭枪击，她的妈妈被谋杀，你会做些什么？我是继续上学。

为了确信我是否安然无恙，米隆问了我上百个问题。但最后，我该做什么呢？请一天同学们所说的"心理健康假"吗？我查看电话，看到伊玛的两条短信，第一条是一大早发的：我发现了一些有关你爸爸那位急救员的信息，但毫无意义。

通常，我会全盘接受她的意见。但伊玛大约一小时后发的下一条短信却紧急得多：天啦！谣传蕾切尔被枪击！你在哪里？

学校里的气氛既阴沉又奇怪。有些孩子听到枪击案后心烦意乱，指导教师便会对他们进行心理辅导。有些学生公开在走道上哭起来——是那些感情相当脆弱的孩子。他们是否认识蕾切尔并不重要。但是，每个人对悲剧的反应都会不同，所以最好不去评判他们的举动。

谣言满天飞。但好像没有任何人知道蕾切尔的伤究竟有多重。两天前，蕾切尔才告诉我说，她的父母离婚了，她妈妈住在佛罗里达。她只字未提她妈妈会来看她。

那蕾切尔的妈妈在新泽西州干什么呢？

我在餐厅里找到伊玛。她独自坐在那里。有人可能会说，我们坐的是"帮外人"或者"失败者"的桌子。也许吧。但对我来说，餐厅更像体育馆。那些所谓的酷孩子坐包厢和套房，我们其他人坐露天看台。但我坐在露天看台上时，总是更开心。

"哇哦。"我对伊玛说。

"得了吧。你今天上午去哪里了？"

我把警察审讯我的经过告诉她。我正在讲述时，从眼角的余光中看到了特洛伊·泰勒。继续沿用我的体育馆比喻，特洛伊坐的是"老板专用豪华包厢"。我们这些校友会走过去向他表示敬意，或者致上吊慰。

我向他那张餐桌看看，皱起眉头。"他们已经没再约会了。"

伊玛白了我一眼。

"怎么啦？"我说。

"这是你现在最在意的吗？特洛伊·泰勒和蕾切尔的过去？"

她说得没错。

"提醒一下，蕾切尔不坐这里。她和他们坐一起。"伊玛指着特洛伊那张桌子，"有一次，她屈尊过来我们这边，塞给我们一些烤饼干。就这些。"

"她帮过我们。"我说。

"随你怎么说。"伊玛不耐烦地摆摆手。她的深色指甲油剥落了一些。

我们默默吃了一会儿。

"米基？"

"什么？"

"你觉得枪击案与夜总会的事情有关吗？我的意思是说，我们也有危险吗？"

"不知道。但我们应该更加小心。"

"怎样小心？"

她看着我，眼里既有好奇也有希望。我的记忆闪回到星期三。那把刀架在她喉咙上,她与死神擦肩而过。我的心再次崩裂开来。我本想说几句蹩脚的话安慰她,说我们能找出答案,但我幸运地被及时打断了。

"哈罗,同志们。即使在这个可怕的日子里,见到你们我也非常高兴。"

是勺子。他总是把托盘紧紧靠在胸前,生怕有人会故意把托盘从他手里打掉。这张是我们——伊玛、勺子和我的餐桌,在"露天看台"上最远的角落里。勺子放下托盘,把眼镜往上推推。他的眼睛红红的,但他没在哭。

"怎么样,"勺子说,"我们要接手这个案子吗?"

伊玛皱皱眉头。"你在说什么呀?"

"蕾切尔被枪击。"

"我们知道。"伊玛说。

他看看她,然后看看我,又看看她。"那就这样定了?"

伊玛又问:"你究竟在说什么呀?"

"蕾切尔。她是我们小组的一员。"

"不,勺子。"伊玛说。她指向那张被一圈校队球服和拉拉队运动衫围着的桌子说。"她是那个小组的成员。"

勺子摇摇头。"你很清楚。"

这句话让伊玛把嘴闭上了。

"我们必须行动。"勺子说。

"怎样行动?"我问。

"你这是什么意思?"他挺起胸,"我们要弄清楚是谁向她开枪的。这太重要了。我们不能罢休,直到查清是谁做出这么可怕的事。我们应该立下盟约——我们不会善罢甘休,直到弄清真相,蕾切尔安然无恙。"

伊玛叹息一声。"知道了,你准备去救漂亮女生。"

勺子挤挤眉毛。"我是所有美女心中的英雄。"

他转向我。"你觉得如何,米基?"

"我们甚至不知道她在哪里。"我说。

勺子笑了。"我知道。"

我们的注意力立刻被他吸引。伊玛和我都俯过身去。勺子只是笑。我们等着。勺子又笑了一会儿。

最后,我说:"说吧,勺子。"

"好的,对不起。我从爸爸那里知道的。他是本校房屋管理部主管。你们知道的,对吧?"

"我们当然知道,"伊玛没好气地说,"快说。"

"哦,好吧,"勺子把他的勺子举到空中,"但你们知道房屋看管人网络吗?"

"什么网络?"

"房屋看管人网络。要详细解释可能有点复杂。我就简单地说吧:一个房屋看管人会与另一个沟通。他们是每个机构的眼睛和耳朵。明白了吗?"

勺子打住话头,等着我们回答。

我说:"不明白。"

勺子叹口气。"房屋看管人网络中的另一位和我爸爸很要好。这位特别的房屋看管人——他就是坦思默尔先生——在新泽西州利文斯顿的圣巴拿巴医院工作。他告诉我爸爸说,蕾切尔现在在那里住院。"

"他说了她的伤势有多重吗?"我问。

"没有。但他的确说过她受的是枪伤。我的建议是:我们放学后去那家医院探望她。"

我又看向特洛伊·泰勒。他故意不理我,但他最好的朋友巴克却恨恨地看着我。巴克还用拳头擂着手掌，蠕动嘴唇，冲着我的方向说"死人"。

作为回应，我冲他打了个呵欠，还像演哑剧一样拍拍嘴巴。

"你疲倦了吗？"勺子问。

"没有。是做给巴克看的。"

勺子皱皱眉头。"巴克疲倦了？"

唉，勺子有时真能让你发疯。

"我没事，勺子。"

"好的。"勺子说。然后，他俯过身，说："怎么样？"

"什么怎么样？"伊玛问，她显然很不高兴。

"我们放学后要去医院吗？我们要去查清我们倒下的同志究竟遭遇了什么吗？"

"你疯了吗？"伊玛说，"你不可能大摇大摆走进医院，探访枪击案受害者。你甚至不知道她是否被允许探视，或者她是否想有人去探视她——就算她想，她也可能想让好朋友去看她，不是我们。最重要的是，警察，包括特洛伊的爸爸在内，都在破这个案。他们才是货真价实的执法人员。"

勺子又挤挤眉毛。"打败巴迪·雷，捣毁B计划夜总会的不是警察，是我们。"

"但我们差点把命都送了。"伊玛说。

"别害怕，美女。"勺子把椅子拉到伊玛身边，"我救过你一次，可以再救你一次。"

"别逼我揍你。"伊玛说。

我没说什么。

伊玛看着我。"你不会是在认真考虑这件事吧？"

"我也不知道，"我说，"也许我们可以帮上忙。"

"你在开玩笑，对吗？"

"我们可能处于危险中，"我说，"我们不能袖手旁观。你自己也是这么说的。我们都与这事有关。"

"不，我说的是你和我与此事有关。而且我们当时说的是急救员和屠夫罗兹，也许还有蝙蝠女人。我没提过蕾切尔·考德威尔。"伊玛站起来，"我要去上课了。"

"什么？午餐时间还没结束呢。"

"我的结束了。我还有事情要做。"

她迈步走开。

勺子说："她怎么回事呀？"

"你把我问住了。"

"女人呀。"勺子用胳膊肘推推我，"米基，我说得对吗？"

"十分正确，勺子。"

"对，十分正确（原文 right as rain，rain 是'雨水'的意思——译注），"勺子说，"尽管谁也不确定，但这个表达法可能是从农业社会时代流传下来的。你瞧，大多数农作物都依赖雨水，因为当时还没有其他灌溉方式。对，如果雨水来得正是时候……不过，也有人相信，这只是一个很好的押头韵表达法，两个单词都以 r 开头。"

我已经没再听他唠叨，因为我正看着伊玛。她从"豪华包厢"旁边走过时，特洛伊·泰勒——他此刻本该为受伤的女朋友难过的——把手拢到嘴边说："嘿，伊玛。哞哞哞！"

特洛伊大笑起来。他的几个朋友也笑起来。

巴克，也叫跟屁虫先生，说："对，伊玛。哞哞哞哞哞！"

那张餐桌边的另一个人也加入进去，还和特洛伊击掌。

我站起来，感觉怒火呼呼往上蹿。我准备向特洛伊和巴克走去。我的手已经捏成拳头，准备战斗。但是，当伊玛转过头来看着我时，我停下脚步。她眼里透出某种神情，既像蔑视，又像是难过。

我们的目光相遇。我看到了她的眼神，但无法解读那里边究竟蕴含着什么。它既让我感动，也让我迷惑。

伊玛蠕动嘴唇说"不要"。

我在原地站了一会儿，但我现在明白她的意思了。我不得不重新坐下。

伊玛转身走开，没去理会身后恶毒的讥讽声。我想到她眼里受伤的神情。不知怎么回事，我好像觉得那与特洛伊和他对伊玛幼稚的讥讽无关。

"米基？"

"我听着呢，勺子。"

"与众所周知的相反，奶牛没有四个胃。它们有四个消化室。"

"感谢你向我解释清楚这点。"我说。

第九章

离午餐时间结束还有十分钟。我到校门外去投几个球。到处都贴着两张海报。第一张是安吉莉卡·怀亚特的大幅照片,惊人地性感。大多数学生都对此兴奋不已。海报的内容是:

面试临时演员
两天后开始!
也许你能见到安吉莉卡·怀亚特!
圆你的明星梦吧——哪怕只有几秒钟!

白日梦,我想。
我的全部注意力——我的目光焦点——像激光一样集中在第二张海报上:

星期一篮球预选赛!
下午三点
1号体育馆
只有高三和高四学生可以参加校队选拔赛
高一和高二学生参加二队选拔赛

有趣的是，尽管过去几天发生了那么多事情，我最关心的仍然是篮球。我猜，我可以先参加二队选拔赛。不过，我可以大言不惭地说，我没打算在二队待多久。

我独自投了几个球。我不想让这所新高中的任何人看到我在选拔赛前打球。别问我为什么。我几乎每天下午都去纽瓦克一个治安很差的街区，参加临时拼凑比赛。我在那里磨砺球艺。

正如我之前提到过的一样，我伯伯米隆曾是个大球星，这个学校的篮球得分历史纪录保持者，全美大学生运动会第一代表队队员，首次露面即被波士顿凯尔特人队选中。

但据我爸爸说，我比伯伯打得更好。

我们很快就能见分晓。这就是篮球的魅力。不靠吹嘘，用赛场上的实力说话。

我正要重新走进学校，就看到那辆有着墨色玻璃的黑车开过来了。我现在对这车已经非常熟悉。我停下脚步，等着它。自从这一切开始以来，它一直在跟踪我。这车的车牌号很奇怪，车上有个神秘的光头男人。这车昨天还带我去见过蝙蝠女人。

现在，它又来了。

我等着那个刚刚剃过头的光头男人下车。但他没下来。再过一两分钟，上课铃就要拉响。他们现在又想干什么？

我向黑车走去。我走近之后，后门打开。我钻进车里。光头男人在车上。隔板再次升起。我看不到开车的是谁。

"你好，米基。"光头说。

我已经受够了他，还有他的这种突然出现。"你介意告诉我你的名字吗？"

"你感觉如何？"他问我。

"好极了。你是谁呀？"

"我们知道蕾切尔遭遇枪击。"

我等着他继续说下去。他没有。我仔细打量他的脸。他比我想象的更年轻。也许三十岁,最多三十五。他的手看上去很有力,他的颧骨尖尖的。他说话时带着一种口音,总让我联想到傲慢的预科生。

"等等,"我说,"蕾切尔遭枪击与你们有关吗?"

"你们?"他说。

"阿贝欧纳庇护会。"

我最近才知道,我的父母不仅仅是热爱自由的游牧民,游历世界,做一些特殊的好事。他们还是一个名叫阿贝欧纳庇护会的秘密组织的成员,秘密解救处于危险之中的孩子。

阿贝欧纳是保护孩子的罗马女神。这个组织的秘密标志是底西福涅阿·阿贝欧纳——一只相当怪异的蝴蝶,两只翅膀上有看上去像眼睛一样的东西。

我第一次看到这只蝴蝶,是在蝙蝠女人房子里那张嬉皮士照片上。我在伊玛的一处文身中也看到了一只。在我爸爸坟墓边又看到另一只。

蝙蝠女人好像是会长。光头也为这个组织工作。现在,阿贝欧纳庇护会好像已经征召了我和我的朋友们。两天前,我们救了一个女孩,帮她摆脱噩梦般的命运。但那件事相当不容易。

"很明显,"光头说,"你已经非常喜欢蕾切尔·考德威尔了。"

"那又怎样?"

"喜欢到什么程度?"

"你在说些什么呀?"

"她给过你什么东西吗?"

我做了个鬼脸。"比如什么?"

"礼物。包裹。任何东西。"

"没有。她为什么要给我东西?"

光头没说什么。

"这究竟是怎么回事?"我问,"蕾切尔为什么遭枪击?"

"我不知道。"

"我不相信你。"我说。

"相信你相信的事情吧。我们都要冒这些风险。"

"你究竟在说什么呀?"

"你也要冒风险。她警告过你。"他指的是蝙蝠女人,"但你随时可以退出。"

"我不明白你的话。我们为什么会被选中加入你们?"

他耸耸肩,从我身边看向车窗外。"是呀,我们每个人为什么被选中?"

"的确,这很深奥。但你这是在回避问题。勺子、伊玛、蕾切尔,我——为什么是我们?"

"为什么是你们?"他继续看着车窗外。他的下巴收紧了。一时间,他看上去有些茫然。然后,他又说了一句让我很吃惊的话,"为什么是我?"

铃响了。他打开车门。

"快回去上课吧,"他说,"你不会想迟到的。还有,米基?"

"什么?"

"无论你做什么,都不要向你伯伯提到我们。"

第十章

那天放学后，勺子慢慢向我的储物柜走来时，同学们善意的笑声伴随着他的脚步。

我盯着他看了一会儿，然后说："你穿的什么呀？"

勺子皱皱眉头。"看上去像什么？"

"像外科医生的无菌手术服。"

"这就对了，"勺子说着粲然一笑，"这个装扮奇妙无比，一定能让我们混进医院。我可以装成医生，明白了吗？"

我很高——足足六英尺四英寸——体重大约两百磅。无论从哪个方面比，勺子都比我小许多。他是那种瘦得看上去太孱弱的人，仿佛一股大风就能吹断他的骨头。他的眼镜从来没戴周正过，看上去太大，与他的脸不相配。

我很容易被别人看成超过十六岁的人。勺子却还能买到"十二岁以下儿童"电影票，售票员连眼睛都不会眨一下。

"那我们去看蕾切尔吧？"勺子问。

"好的。"我说。

他咧嘴笑了。"叫我勺子医生。你知道的，这是为了让我们进入角色。"他左右看看，"伊玛在哪里？"

我也在想同样的问题。我扫视走廊，寻找伊玛的身影。没有。我已经给她发了短信，让她在这里和我们碰头，然后我们一起坐公车。

但她没回复。

"不知道。"我说。

"这么说,只有你和我去?"

"我猜是这样。等等,我觉得你好像说被限制了行动自由。"

"是的。但今天,我要参加MILF俱乐部的会议。"

我停下手里的动作。"你说什么?"

"我爱音乐剧基金会(Musicals I Love Foundation)。我不想吹牛。但我是这个俱乐部的创建人。"

我的天啦。"你也许该把这个名称改一下。"

"为什么?"

"算了吧。"

他揉揉下巴。"我猜,我可以在下次会议上提出来。"

"俱乐部还有多少其他成员?"我问。

勺子一脸迷惑地说:"应该有其他成员吗?"

我关上我的储物柜。

"你想加入吗?"勺子问,"你可以竞选副会长。我爱音乐剧,你不爱吗?下周,爸爸要带全俱乐部的人去看那部新的弗兰克·维豪音乐剧。你知道他是谁吗?知道《化身博士》(Jekyll and Hyde)吗?《红花侠》(The Scarlet Pimpernel)呢?我喜欢'此时此刻'这首歌,你呢?"

他真的开始唱起来。

为了让他停下来,我急忙说:"是的,我喜欢。"

我飞快地又给伊玛发了一条短信:请和我们一起去。

没有回复。

我又看看走廊两头,叹息一声。"我猜,只有我和你去了。"

"史瑞克和驴子!"勺子喊道。

"对呀!"

"这个名字更好"——勺子掰着手指——"堂吉诃德和桑丘·潘沙!你知道他们是谁吗?别管那本书,我说的是音乐剧《梦幻骑士》。知道吗?你是勇敢的堂吉诃德,我是他的乡绅搭档桑丘。顺便说一下,《梦幻骑士》荣获1966年托尼奖最佳音乐剧。但你可能早就知道,对吗?"

我不知道1966年托尼奖——谁会知道?——但奇怪的是,我还真的知道那个音乐剧和那个故事。这次勺子的类比终于有了完美的含义:堂吉诃德不仅有妄想症,而且疯癫。

我又向走廊两头看看,寻找伊玛的身影。没有。

"走吧。"我说。

勺子医生和我向诺斯菲尔德大道上的汽车站走去。我们转过街角时,我差点高兴得大叫起来。那里,正不耐烦地皱着眉头在车站等着的人,正是伊玛。

我向她跑去,拥抱她。"伊玛!"我的拥抱好像让她很吃惊。不过,我自己也很吃惊。

"你早就来了!"我说。

"当然。如果你们两个自己去,你们会把事情搞砸的。"

勺子走过来,和我们抱在一起。大家分开后,伊玛看看勺子那套衣服,然后看看我。我只是耸了耸肩。

勺子张开双臂。"你喜欢吗?很性感,对吧?像那个电视剧里的角色。"

"麦克噩梦医生。"伊玛说。

我们坐公车前往医院时,我把在黑车上和光头会面的情况告诉伊玛和勺子。他们默默听着。我们到达圣巴拿巴医学中心时,想走捷径,直接进去。毫不奇怪,那个办法行不通。前台有人值守,不仅需要出示有照片的身份证明,还要说明去那里的理由。旁边有几位保安,甚至有一台金属探测仪。

伊玛皱皱眉头。"真是的,有谁会想偷偷溜进医院呀?"

"有人会偷医用物品,"勺子说,"他们会偷电脑、药品,甚至偷走病历——"

"我问的是反问句,勺子。"

"哦。"

她又看看勺子。"等等,你脖子上挂的是听诊器吗?"

"是呀,怎么啦?"勺子很得意地说,"这是我的伪装之一。"

"你从哪里弄到……"伊玛抬头望着我。我摇摇头,仿佛说,没必要。她没再说什么。

"现在怎么办?"我问。

勺子说:"跟着我。"

我们照办。我们走回到外面,绕到医院背后。这里有一扇很大的金属门,是从里面打开的。勺子在门上敲三下,停顿,又敲两下。我们等着。勺子扬起眉毛,然后又在门上敲了两下。

一个身穿绿色房屋看管人连衣裤的人打开门。他绷着脸看着我们。"你们想干什么?"

"是坦思默尔先生吗?是我。亚瑟。"然后,勺子还真的把听诊器从脖子上取下来了,好像他这身自作聪明的伪装会让坦思默尔先生认不出他似的。"亚瑟·斯平德尔。"

我都忘记他的真名是亚瑟了。尽管我几天前才给他取了勺子这个绰号。

"啊,你好,亚瑟。"坦思默尔先生说。他又往外面看了看,以便确认四周没有别人。然后他说:"进来吧。快点。"

我们照办。

"怎么样?"勺子悄悄对我说,"这就是房屋看管人网络。"

坦思默尔先生带我们到地下室。我们走到楼梯底部时,他转过身,说:"你们不会做什么坏事吧,亚瑟?"

"不会的,先生。"

坦思默尔不喜欢这个回答,但他好像也不怎么感兴趣。"如果你们被抓住——"

"我们从没听说过你,"勺子说,"别担心。"

"好吧。在这里等五分钟。然后,你们要做什么就去做吧。"

"谢谢你。"勺子说。

"好啦。一定让你爸爸知道——"

"已经处理好了。"勺子说。

我看看伊玛。她耸耸肩。在勺子身边,我们俩经常会这样做。

勺子问:"你知道有关蕾切尔·考德威尔的任何最新消息吗?"

坦思默尔直摇头。

"知道她在哪个病房吗?"

"不知道。"坦思默尔先生的声音很低沉,"她还不到十八岁,对吗?"

"是的。"

"那她应该在儿科病房区。可能在五楼或者六楼的翼楼。我得回去工作了。"

他把我们留在地下室里,自己走了。

"一定让你爸爸知道,已经处理好了,这些话是什么意思?"我问。

"房屋看管人网络的部分内容,"勺子悄悄解释说,"但我已经发誓保密。"

原来这样。勺子看着手表走过五分钟。然后,他领着我们走出地下室。我们上到一楼后,伊玛问:"现在怎么办?"

勺子想了想。"我们得找到一台电脑终端。"

这不容易。一楼大多是行政办公室，但或者房间里面有人，或者附近有人。我们不可能直接走进去，开始使用电脑。

"也许我们应该到五楼翼楼的儿科病房区去。"勺子建议说。

听上去像个计划。不是很好，但我也不知道我们在一楼还能有什么别的办法。我们搭乘电梯上到五楼，右转，进入儿科病房区。对比有点惊人。医院主楼装饰成单调的米黄色和灰色，与医院的氛围相符。翼楼儿科病房区却色彩鲜艳，仿佛举行儿童聚会的地方，或者特别喜气洋洋的学前班教室。

我知道院方这样做的目的，但仍然觉得这有点不真实，甚至觉得有点欺骗人的意味。这是医院。这里的孩子都在生病。你不能用鲜艳的色彩掩盖这个事实。

你也不能掩盖医院的气味。当然，他们用了某种气味很浓的樱花空气清洗剂，但在那股气味下面，你仍然能闻出医院的气味。我讨厌那种气味。

我们顺着走道往前走。大多数病房的门都是关上的。当一扇门打开时，我们偷偷向里面张望。但我们看到的一切，根本不足以说明病房里的是什么人。

"这样找毫无意义。"伊玛说。

我表示同意。

"我们需要找到一台电脑。"勺子说。

但我能看出这根本不可能。为了保护病人的隐私，所有电脑终端都放在非常显眼的地方，有严密的监控设施，肯定还需要各种密码和身份验证。

恐怕很难用上电脑。

我们继续往前走。一名护士看着我们。我们三个人一定很惹眼。

我猜，我穿得够普通，蓝色牛仔裤和运动衫。伊玛一袭黑衣裤，脸上化着苍白妆，戴着银色珠宝，还有好多文身。勺子医生呢，嗯，你都知道了。

"我们要找什么呢？"伊玛悄悄问我。

我也毫无头绪。所以，我们继续走。

我猜，这里正在进行一项大型艺术活动。每一道门上，都有一幅不同的儿童画。有些门上甚至有五六幅。画的内容有大象、老虎和各种动物，还有城堡、山峰和树木。我最感兴趣的画上画的都是房子，长方形，屋顶是三角形，绿色草坪上还有粗线条画的一家人。每一张画的角上都有一个笑脸红太阳。

我猜测，无论这些画是谁画的，他们都很想家和家人。

我依次看着那些画，目光从一道门移动到另一道门上。突然，眼前的画面让我目瞪口呆。

伊玛看着我的脸说："怎么啦？"

一时间，我只是愣愣地盯着那道门。伊玛慢慢转过头，跟随着我的目光。一声轻叹从她唇间传出。

这道门上只有一幅画。只有一个主题。没有背景，没有树木，没有高山，没有粗线条的人物，角落里也没有笑脸太阳。

画面上只有一只蝴蝶。

"这究竟……"伊玛把头转向我。

毫无疑问，这是同一只蝴蝶，我在蝙蝠女人家，我爸爸坟墓边和伊玛的一幅文身上都看到过。这是底西福涅阿·阿贝欧纳。但是，不知道出于什么原因，这只蝴蝶翅膀上的眼睛是紫色的。

我突然感觉到一股深深的寒意。

"米基？"

我不知道该说什么。

"我不明白。"伊玛说。

"我也不明白,但我们必须设法进入那个房间。"

那道门就在加护病房护士站旁边。简单地说,它处于不间断的监视之下。我环顾四周,思忖着。管它的,我也可以走直接路线。

"你们两个躲起来,等着我。"我说。

"你有什么打算?"伊玛问。

"我将直接走进那道门去。"

伊玛做了个鬼脸。

"值得试试。"我说。

伊玛和勺子走到走廊尽头。没人能看到他们在那里。我若无其事地向蝴蝶门走去。此刻,我是悠闲先生,扮酷先生。我还差点吹起口哨来,想借此表明我对这件事情多么漫不经心。

"你以为自己在往哪里走?"

护士盯着我问。她抱着双臂,皱着眉头,俨然图书管理员。如果你没能按时归还图书,可以编造出一个故事,但她不会相信的。

"嗨,你好!"我指着那道门说,"我来看朋友。"

"你不能进那个病房。你是谁呀?"

"等等,"我说,并戏剧性地掰着手指,接着又敲敲脑袋,"这是五楼吗?我本来是到六楼的。对不起。"

我疾步走开,没等护士说出下一个字。我在走道尽头与伊玛和勺子会合。

伊玛说:"哇哦,你面不改色呀。"

"我们现在需要冷嘲热讽吗?"

"需要?不。但这并不意味着我们就不能开心一下。"

"也许吧,"勺子说,"我能进去,不然这身聪明装扮拿来做什么。我可以假装成医生。"

伊玛说:"勺子,这主意不错。"

我迷惑不解地看着她。

"对呀,是个好主意,"伊玛说,"但我们得做一些调整。"

第十一章

护士站在两条走廊中间。护士站两边都有病房。我尝试进入蝴蝶门之后三分钟,勺子从反方向疾步走向刚才阻止我进那道门的护士。

"护士!我需要一辆急救车,stat!"

"啊?"

"Stat,"勺子说,"意思是快。"

"我知道是什么意思但——"

"护士,你知道这个术语的来源吗?Stat其实是statim的简写,是拉丁语'立即'的意思。"

护士斜眼看着他。"你多大了?"

"二十七。"

护士又皱了一下眉头。

"好吧,我十四岁。但我是你读到过的那些小天才中的一位。"

"唔——唔。那你的手术服口袋上怎么会绣着'菲尔古德医生'?"

"这就是我的姓呀!有什么问题吗?"他耸起一道眉毛,"顺便说一下,你很迷人。"

"你说什么?"

"我们医生总是取悦护士,你不知道吗?我敢打赌,你现在心花怒放。"勺子说着屈起手臂,可惜那条胳膊比晒干的海草粗不了多少,"你想摸摸我的肌肉吗?"

又有两名护士走过来。其中一名问道:"这孩子在骚扰你吗?"

"你应该叫孩子医生,护士,"他又耸起一道眉毛,"顺便说一下,你非常迷人。"

我现在已经到了蝴蝶门边。所有的目光都被吸引到勺子身上去了。我正要伸手开门,一名护士可能感觉到什么了,开始把头向我这边转。

噢,情况不妙。

我应该弯下腰……但那有什么用呢?没有任何藏身之处。正当那护士的眼睛就要看到我时,伊玛高声喊道:"凯文!你在哪里呀?凯文!"

那护士急忙把头转向声音传来的方向。伊玛匆匆赶到勺子身边。

行动。

我打开那扇上面有蝴蝶的门,步入阴暗的病房。门在我身后关上时,我听到伊玛还在说:"凯文,你该待在精神病房里。非常抱歉。这是我弟弟,他偷偷跑出来了。把他交给我吧……"

门在我身后关上。伊玛的声音——所有的声音——渐渐消失。

我正要向病床走去,就听到有个人说:"是米基吗?你怎么进来的?"

那边,坐在床上的,正是蕾切尔。

第十二章

我疾步走到她床边。蕾切尔脑袋上有条绷带,但她看上去好像没事。没有一大堆管子之类的东西从她身上延伸出来。她的衣袖卷着。我的目光被她胳膊内侧可怕的烧伤伤疤吸引过去。那是道旧伤。这个缺陷好像让她身体的其他部分显得更完美了。蕾切尔的眼睛湿润,看上去好像有泪水。

我想拥抱她,或者做点什么。但相反,我站在她床边等着。

"你怎样进来的?"蕾切尔问。

"勺子在外面声东击西。"

她本想笑,却抽泣起来。"我妈妈……"

我靠近一点,在床边坐下,拉住她的手。"我听说了。真遗憾。"

蕾切尔把头重新靠到枕头上,眨眨眼睛,凝视着天花板。"都是我的错。"

"你不能这样责备自己。"

"你不明白,"她小声说,"是我害她被杀的。"

我目瞪口呆,蕾切尔又哭起来。

"你为什么这样说?"我问。

她只是摇头。

"蕾切尔?"

"你必须离开。"

我没理会。"你这话是什么意思呀，你害她被杀的？"

她又摇摇头。"我不想让你也陷入危险中。"

"别担心我，好吗？告诉我究竟怎么回事。你没事吧？"

我身后的门打开了。

我的反应够快。我知道，这是本能。如果你妈妈年轻时是当红网球明星，你伯伯是职业水准的篮球运动员，那一定对你有帮助。我没有迟疑。刚一听到门响，我立即猫腰钻到蕾切尔床下。

有人在说话："哈罗，蕾切尔。"

当我听出是谁的声音时，我的心沉了下去。

我听到蕾切尔在床上调整了一下姿势。"是泰勒警长吗？"

"好久不见了。"泰勒警长说。我觉得对遭遇枪击的少女说这话有点怪。

我看到他的棕色鞋子向床边移动过来。"你感觉如何，蕾切尔？"

泰勒警长的声音中有种奇怪的紧张感。他好像正竭力让自己听上去更像一名自信的警察，但我总觉得有什么地方不对劲。

"很好，谢谢你。"

蕾切尔的声音中也有种紧张感，听上去很不自然。他们平常的话语中好像隐藏着什么。

"医生说你很幸运。"

"哦，是的，非常幸运。"蕾切尔说。我从她声音中听出了一丝愤怒。"我妈妈死了。我高兴极了。"

"我不是那意思。"泰勒说。真蠢。"我是说你的身体。子弹好像只擦破了头皮，没有穿过头部。"

蕾切尔没说话。

"我对你妈妈的死深表遗憾。"泰勒警长说，但他的声音听上去不遗憾。

"谢谢你。"蕾切尔说,她的声音听上去也不是很感恩。

这究竟是怎么回事?

"你知道我是第一个到达现场的吗?"泰勒问。

"不知道。"

"是我。我帮你叫的救护车。"

沉默。

"你对枪击事件记住了些什么?"泰勒问。

"什么都没有。"蕾切尔说。

"你不记得被枪打中吗?"

"不记得。"

"那你记得什么?"

"泰勒警长?"

"嗯。"

蕾切尔打了个呵欠。"我现在有点不舒服。"

"但你刚才还说你感觉很好。"

"我还在吃一些药。感觉很困。你能改天再来吗?"

长时间的沉默。然后,泰勒警长说:"没问题,蕾切尔。我理解。也许我们可以改天再聊。"

"没问题。"

我看着他的棕色鞋子离开床边。它们在门口停下来。他说:"还有一件事。"

蕾切尔等着。

"一名叫安妮·邓利维的重案组调查员会来和你面谈。但在我们再次对话之前,不要对她说什么,好吗?"

嗯?

"如果你必须和她说话,"他继续道,"嗯,你只说你什么都不记得了。这样对她说没问题。"

嗯？

泰勒警长打开门，准备出去。但门口有个护士。

"我们要推她去拍X光片。"护士说。

"我帮你扶着门。"泰勒说。

我被困住了。

护士进来时，我待在原地没动。泰勒警长也没动。我在床下听到护士拉开一个机关，床两边的栏杆竖起来。

他们要用这张床把她推出去。

我一定会暴露无遗。

我左右看看。什么也没有。我可以试着像突击队员一样跟着床爬行。但我要去哪里呢？泰勒立即就会发现我。护士准备推床了。泰勒警长正扶着门。

我无处藏身。

"等等……"蕾切尔虚弱地说。

"怎么啦，亲爱的？"

"我想先上洗手间。"

哈，蕾切尔！这主意太妙了！

"我们去的地方有洗手间。"护士用不可违抗的语气说。她开始推床。"去那里上更方便。"

"但——"

护士开始推床。我做了我唯一能做的事。床下有横杆。我抓住横杆，用脚紧紧蹬着床底，将整个身体从地板上提起来。

护士停止动作，可能是因为床显得格外重。"床轮上的刹车还没松开吗？"

她检查的时候，我紧贴在床下。你做过撑体练习吗？就是以俯卧撑姿势将身体撑起来,坚持到整个身体开始颤抖。对,我现在做的就是这个动作,只不过是倒过来的。我感觉自己像只蝙蝠。

我不知道我能坚持多久。

护士将床径直从泰勒警长鞋边推过。

我的手指酸痛起来。我感觉胃里变成了一团糨糊。

护士开始顺着走廊往前走。我看到我们离泰勒的鞋子越来越远。我不知道蕾切尔是否猜到了我的举动。我估计她也许猜到了。我们走到电梯口时,我再也无法支撑。我松开手,落回到地板上。

"护士?"蕾切尔说。

"嗯?"

"你能去帮我拿一下我的毛绒兔吗?"

"你说什么?"

"真的很抱歉。可儿比——是我的兔子的名字——在我病房里。我……我去任何地方都要带着它才不怕。求求你。"

护士叹了一口气。

"求你了。"蕾切尔又说。

"好吧,亲爱的。在这里等着。"

护士一走,我就从床下爬出来。"你有只毛绒兔?"

"当然没有。赶快离开这里,趁着她还没回来。"

"我想知道——"

"改天再说,好吗,米基?走吧。"

我身边的电梯门打开。我走进去,按下按钮。我看着电梯门开始关闭。蕾切尔想冲我笑笑,却没笑出来。然后,也许就在电梯门关上前半秒钟,我看到另一个人出现在她身后。

是泰勒警长。他正直视着我。

"控制电梯!"

但我这次没让我的快速反应能力发挥作用。电梯门慢慢关上。它们迟疑了一下，仿佛可能再次打开，让泰勒警长进来。但它们没开。

我直接下到大厅，疾步走出大门。

第十三章

我在停车场追上勺子和伊玛。

"继续走,"我说,"泰勒警长可能在追我们。"

我们飞快跑过那个街区,回到诺斯菲尔德大道上。街角有个干洗店。我们躲到那座房子背后。

"蕾切尔在那个房间里吗?"伊玛问。

我点点头,把发生的一切告诉他们。

"看来,"伊玛说,"阿贝欧纳也卷入这件事中了?"

"好像是。"我说。

勺子没说话。他看上去有点不知所措。我为他担心。这一切都不是他自找的。其实,我们都不是在自讨苦吃,但他似乎更像迷途羔羊。我们的友谊,如果说这就是友谊的话,是几天前才开始的。当时在餐厅里,他走到我面前,主动把他的勺子给我。我们的关系由此开始,他的绰号由此而来。

"那你觉得我们该怎么办?"伊玛问我。

"我不想打断你们,"勺子终于开口了,"但我爱音乐剧基金会的会议现在肯定结束了。我父母在等着我回家。"

"我爱音乐剧基金会?"伊玛重复道。

我摇摇头,示意她别问。

公车开过来,我们跳上车,踏上回家的路。我们在先前上车的地方下车，卡塞尔顿大道和诺斯菲尔德大道交会处。我准备步行回家，途经蝙蝠女人家那条路，顺路去看看她。但我不知道该说些什么。我精疲力竭，满心恐惧，迷惑不解。

我们走进蝙蝠女人住的那条街时，我的手机响了。是米隆伯伯打来的。我本来不想接，但那没有任何好处。"哈罗？"我说。

"我还以为你已经到家了呢。"米隆说。

"我在路上。"

"你想让我去接你吗？"

"不用，我没事。"

"但你已经在路上？"

"是的。"

"好，"米隆说，"我要和你说点事情。"

我把电话换到另一只手上。我现在已经能看到蝙蝠女人那座令人毛骨悚然的房子了。"一切都好吧？"

"一切都好。"他说。

"那就好。我很快就回家。"

我挂断电话。蝙蝠女人的房子看上去一如既往地阴森。风更大了。一时间，我差点以为疾风会把它吹倒。前院里有棵弯曲的杨柳，我知道房后是树林。夜色已经开始降临。

伊玛和勺子在街对面的人行道上等着。我向房子走去时，注意到房子里没开灯。一盏都没开。奇怪。通常蝙蝠女人卧室里都亮着灯。但今晚没有。我敲敲门，感觉脚下的门廊摇晃起来。一根门柱已经倾斜。

没有人应门。

我走回伊玛和勺子身边。我们默默顺着街道往前走。突然，伊玛说："伙计们，回见。"她一贯如此。

她没再说什么,转头向树林走去。

我想问她要去哪里,或者我是否能送她。但我以前每次都被她回绝了。她还会生气。因此,我只好看着她的背影,直到她消失在密林中。

我不知道该怎么办,就任由好奇心占了上风。我知道这样做可能不对,而且这可能破坏我们之间的信任和友谊。我已经说过,我们都有权保有秘密。但无论如何,我还是问了。

"勺子?"

"嗯?"

我还可以改变主意,但我没有。"伊玛是怎么回事呀?"

"你什么意思呀?"

我指着她刚刚消失的地方。"伊玛住在哪里,她的父母是谁,诸如此类的。"

勺子把眼镜往鼻子上方推推,好像若有所思。

"勺子?"

"其实没有谁直接和我说过。这些都是我无意中听到的。"

我想了想,想到了这个小镇,以及这个小镇对他的影响。勺子其实并没受到多大的欺侮或挑剔,但他备受冷落。一个星期又一个星期,一个月又一个月,一年又一年,他一直被冷落。他找到了一种逃避方式,让自己沉浸在不会背叛他的东西中,他频繁光顾音乐剧场,阅读各种书籍,随意了解各种史实,任由想象力驰骋。他就像一块海绵,吸收所有信息。但是,一直没有一个人可以让他把自己拧干。

现在除外,我猜,因为现在他有我。

"哈,"我说,"你真是个了不起的偷听者。"

这是个词语吗?

勺子笑了。"真的吗?你这样认为?"

"当然。告诉我，关于伊玛，你无意中听到过什么？"

他做了个鬼脸，仿佛在认真思考这个问题。"没有人了解太多，"勺子用很悠远的声音说，"但是……有些谣传。"

"比如什么？"

"你知道她的真名是埃玛，不是伊玛，对吗？"

我知道。好像是这样的，一次上西班牙语课时，巴克注意到她的真名是埃玛（Emma），而她又有点丑（emo），就给她取了伊玛（Ema）这个绰号。

"三年前，她搬到这个镇。我从没应邀去过她家。很奇怪，对吗？但不止我一个。我认识的人中，没有任何人去过。传言说，她住在树林中的一座木屋里，她爸爸从事非法活动。比如私自酿造 Moonshine 之类的。"

我皱皱眉头。"Moonshine？"

"这个俚语的意思是非法酿制的蒸馏酒。也有其他说法。Hooch, Devil's, Brew, White Lightning——"

"我知道，我知道，"我说着举起一只手，示意他慢慢说，"只是听上去有点怪。"

勺子的眼睛现在瞪得很大。"他们还说他爸爸是酒鬼，经常打她，所以她身上才会有那么多文身，都是为了掩盖伤痕。"

这可能是真的吗？我不知道该说什么，但突然觉得心里沉甸甸的。

"我 Google 过她一次，"勺子说，"输入她的名字埃玛·博蒙特。但没找到任何相关信息。实际上，镇上根本就没有姓博蒙特的人注册过。"

"什么信息都没有？"

"没有，"勺子说，"简言之，我不知道伊玛是怎么回事。但我非常喜欢她，你呢？"

"我也是。"我说。然后,尽管这听上去很老套,我又补充说:"我也很喜欢你。"

我的话让勺子很吃惊。他抬头看着我,眨了几下眼睛,然后挺起胸脯。"我也非常喜欢你。"

勺子和我就那样站在那里,许久没说什么。

"我们都有点激动,对吗,米基?"

"对,"我说,"但我想,现在该结束了。"

"同意。"勺子说。然后,他又说:"米基?"

"嗯?"

"你觉得是否该把阿贝欧纳的情况全部告诉我了呢?"

他说得没错。他已经赢得了我的信任。"是的,勺子。也许我们应该谈谈了。"

"我们边走边说,"他说,"我必须回家,你没忘记吧?"

"没有。音乐剧基金会会议结束了。"

"的确。你想当副会长吗?"

"当然。为什么不?"我说,"这会让我的大学申请书看上去更漂亮。不过,有一个问题。"

"什么?"

我搂着他的肩膀。"我们得先改一下基金会的名字……"

第十四章

我不知道该怎样消化我刚刚得知的信息。

伊玛是我最好的朋友。我知道这听上也许很可笑——我们才认识几个星期——但却是事实。其实,我们还不仅仅是最要好的朋友,尽管我还不完全清楚这究竟意味着什么。

但如果她有危险,如果有人正在伤害她……

她曾让我别管闲事。

但我能不管吗?

我看到,三座房子的那边,米隆伯伯正站在大门口。一时间,我站在那里看着他,试图厘清我对他的感情,但发觉它们太复杂。

米隆看到我,举起手挥舞起来。我挥手示意,匆匆向他走过去。

"你没事吧?"他问,"感觉如何?"

我知道他的好意,但我希望他不要这样。"我很好。"

"新闻报道说,蕾切尔的伤没有生命危险。"

"是的,学校里也这么说。"我撒谎道。

"你家庭作业多吗?"

"不算多。"

"那走吧,"米隆说着准备往汽车那边走,"我想带你去看个东西。"

"什么?"

"是个惊喜。"他向他的车走去。我跟在他后面。"这可以解释我接下来的几个星期为什么不能经常回来。"

不能经常回来?那太好啦。别误会。我知道我为什么必须和米隆伯伯住在一起。他在努力。我也在努力。但我想我妈妈回来。爸爸呢,嗯,爸爸死了。死了就是死了。但妈妈的心……碎了,我猜。如果什么东西碎了,可以重新补好,对吗?

我的记忆闪回到那张纳粹的照片上。他看上去像推走我爸爸的急救员。有那么一瞬间,仅仅一瞬间,我很想告诉米隆。但他会怎么样呢?他会认为我疯了。即使他不那么认为,我想让他卷进这件事中吗?我对他够信任吗?能告诉他这件事吗?光头不是警告过我不要吗?

问得好。

我坐到乘客座上。米隆开的是一辆福特金牛。开始两分钟里,我们尴尬地默默坐着。我可以忍受这种尴尬的沉默。米隆伯伯却不能。

"嗯,"米隆拖长声音说,"今天在学校里过得好吗?"

真的又开始了吗?我强忍住叹息。"很好。"

"真高兴你有弗莱德曼老师。她是我上学时最喜欢的老师。"

"哦。"

"她让历史有了生命,你知道吗?"

"我知道。"

我看着车窗外。

"篮球选拔赛星期一开始,是吗?"

你就别说了,我心里想。"是的。"

"祝你好运。"

"谢谢!"

我们路过考丁顿康复中心时,我能感觉到米隆紧张起来。他踩油门的动作稍微有点猛,尽管不易察觉,但我看到了。我妈妈在那里面。她最近一次复发后——是的,这次很严重——我被告知至少两周之内不能去探望她。我不喜欢这样。我觉得他们的"治疗"太残忍。但我会听他们的话。我仍然看着车窗外,想象那座小山上正在发生的事情。我仿佛看到她独自坐在阴暗的房间里,蜷缩成一团,忍受着戒毒的痛苦。

"她会好的。"米隆说。

我没心情听他的老生常谈,就把话题岔开了。

"我们要去哪里?"我问。

"再等一分钟,你就知道了。"

他把车开上一条岔道。我看到前头有条车道,车道入口有道华丽的黑色大门,像是某部老恐怖电影中的东西。两只石狮子把守着入口。米隆把车开过去,停下,从车窗探出头,向门卫挥挥手。随着一声悠长的吱嘎声,大门打开。

"我们还在卡塞尔顿吗?"我问。

"是的,只不过在边界上。"

我以为会立即看到一座房子,但车道却顺着小山蜿蜒而上。我不知道车开了多久,但我猜,从入口算起,车大约开出半英里后,我才看到一座……嗯,不能真正说是一座"房子"。也不能说是"宅邸"。它更像一座黑色城堡,噩梦版迪斯尼乐园。两座尖顶塔楼几乎给人一种堡垒的感觉。

"一个大名鼎鼎的暴徒在这里住了大约五十年,"米隆说,"你爸爸和我还小时,关于这地方的各种传闻满天飞。"

"比如什么?"

米隆耸耸肩。"都是些谣传。就像蝙蝠女人的房子一样。也许没有任何意义。"

他其实知道是否有意义。

"那现在谁住在这里?"我问。

"你马上就知道了。"

我们停好车。城堡四周有条护城河。我觉得我以前没看到过它。一名健壮的保镖向我们点点头。米隆点头回应。我们走过小桥。米隆敲门。

几秒钟后,一个身穿黑色燕尾服,梳着大背头的男人到门口迎接我们。"晚上好,博利塔先生!"

他说话带着浓重的英国口音,看上去像极了从乏味的英国历史剧中走出来的人物。

"晚上好,奈尔斯。"

这人是男管家吗?

"这是我侄子米基。"

奈尔斯对我笑笑,但那笑容看上去不怎么温暖。"幸会。"

"噢,"我说,"幸会。"

"你们可以在会客室等。"他说。

我不知道会客室(原文 drawing room,字面意思是'绘画室'——译注)这种说法的出处,不过我确信勺子可以告诉我。我没看到蜡笔或者素描本之类的东西。椅子都蒙着红色天鹅绒。我继续站着,因为那些家具看上去很旧,我们坐上去它们好像会突然折断。我注意到,米隆也站着。会客室里有一个古色古香的地球仪和许多深色木头家具。

奈尔斯端着两听 Yoo-hoo 回来了。米隆开心地笑起来。也许有人不知道 Yoo-hoo 是什么。它是一种饮料,有点像巧克力汽水。米隆很喜欢。我却觉得它有股泥土味。

米隆拿起他的汽水,开始摇晃起来。奈尔斯转向我。我说:"我不喝,谢谢。"

奈尔斯走出会客室,把我们俩留在那里。我把头转向米隆。他正看着他的那听Yoo-hoo，仿佛那是他的新女友。我清清嗓子。

"这是怎么回事？"我说。

米隆示意我们都坐下。我们小心翼翼地落座。

"昨天有朋友给我打电话，还记得吗？"米隆开口道。

"记得。"

"他请我帮他一个忙，守护一个人。"

我眯起眼睛。"守护？"

"是的。"

"就像你守护我一样？"

他喝了一大口汽水。"嗯，不完全一样。"

接着，她走进会客室。

就像我刚才说这地方是"房子"不太恰当一样，说她"走"好像也很不贴切。是的，我一点没夸张。我的意思是说，她并没做什么特别的事。真的没有。她没有滑进会客室，也不是骑着白马之类的进来的。但她可能会那样做。

她进来了，就那样进来了。

我没大声说"哇哦"，但差点说出来。

我们俩都站起来，不是因为我们想展现绅士风度，而是因为她的进入需要我们那样做。那里，活生生站在我眼前的，就是全镇热议人物，真人版电影海报，安吉莉卡·怀亚特。

"你一定就是米基吧。"她说。

可以用一个词语概括安吉莉卡·怀亚特，那就是"惊艳"。她向我走来，拉起我的手。"多英俊的小伙子。"

我望着米隆。他笑得像傻瓜。我意识到，我自己可能和他差不多。"唔，谢谢。"

即使面对电影明星，我仍然保持淡定。

"很高兴认识你。"她说。

"唔，我也是。"

我不能再对她大惊小怪。

"坐吧。"安吉莉卡·怀亚特说。

我们照办。米隆和我坐长沙发。安吉莉卡·怀亚特坐在我们对面的椅子里。她动作绝美地把长腿交叉起来。单单她的笑容，就足以迷倒男人。

"谢谢你把你伯伯借给我，"她说，"好像有人觉得我这次拍摄中需要额外的保护。"

我看着米隆。我不是很明白。米隆是演艺人员经纪人，怎么会去保护著名女演员？

也许，米隆和我爸爸一样，也有某种隐藏的天赋？

安吉莉卡·怀亚特好像在仔细打量我的脸。"你显然和你伯伯很像，"她说，"但我也看出了许多小猫的影子。你的眼睛像她的。"

听她提到我妈妈，我感觉喉咙哽住了。"你认识我妈妈？"

"是的，"安吉莉卡·怀亚特解释说，"很多年前，她打网球时，我，嗯，我猜，你可以说我是年轻女明星。"

我不知道该说什么。

"她好吗？"安吉莉卡·怀亚特问。

我看着米隆，但他把头转开了。这么说，他没告诉她。"她目前的状况很不好。"我说。

"真遗憾，"她说，"我听说了你爸爸的事……"她用力吞了几下唾沫。"他们那么相爱。我很难过。"

"你也认识我爸爸？"

现在是她看着米隆了。我感觉到什么东西正向我压下来，以无数种不同的方式挤压着我的心。

"是的，我认识。"

"你能告诉我你们怎样认识的吗？"

米隆微微动了一下。安吉莉卡·怀亚特转开目光，她嘴角浮现出一丝笑意。我妈妈才三十三岁。我估计安吉莉卡·怀亚特也许比她大一两岁。

"那是一段开心的日子，"安吉莉卡·怀亚特说，"也许太开心了，你可能明白我的意思。"

"我不明白。"我说。

"我猜，你可能会说，我们那时都是当红新星。你妈妈的网球技艺吸引了很多人的注意——更不用说她的美貌了。我在一部电视系列片中领衔主演正上大学的女儿。"她伤感地笑笑，"你妈妈……她非常有趣。她的笑声极富感染力，她很爱笑。人们都被她吸引。人人都想接近小猫铁锤。"

她打住话头。米隆低着头。我记得妈妈的笑声。而且，我还想当然地以为，那是我能随时听到的声音。但现在，如果能再次听到那笑声，我愿意放弃一切。

"我爸爸呢？"我问。

"嗯，他的到来改变了一切。"

"怎样改变的？"

安吉莉卡·怀亚特想了想。"人们说，爱情就像化学反应。你听到过这种说法吗？"

"应该听到过。"

"那件事就像这样。他们相识之前，你妈妈是一个人；他们相遇后"——安吉莉卡·怀亚特扳着指头——"她变成了另一个人。"她笑笑。"我们都那么年轻。实际上，是太年轻了。一切都太快。"

"怎么会？"我问。

"你多大了，米基？"

"快满十六了。"

"你妈妈十六岁时，已经上了杂志封面，正被当成网球界的下一位巨星大事宣传。许多八卦杂志都写了她。然后，几个月后，她将爱上你爸爸。"

我们都没说话。房间里静悄悄的。当然，安吉莉卡·怀亚特只讲了那件事的一小部分。

实际上，几个月后，小猫铁锤将怀孕。怀上我。在她事业的巅峰时间，她将被迫停止训练。她将永远不再打网球。她将失去一切。

为什么？

因为她怀孕了。是的。但还因为我父母最亲近的人都反对他们的婚姻。他们给这对新人施加了极大的压力。他们说他俩太年轻，在做傻事，说他们对对方有太多不了解。他们甚至说了妈妈许多可怕的、诽谤性的话，希望我爸爸能醒悟。

我转头怒视着米隆。我心里的旧恨再次浮现出来。

"打扰一下。"

是男管家奈尔斯。

"怀亚特女士，你该接受《综艺》（Variety）杂志的电话采访了。"

她叹息一声，站起来。米隆和我也起身。她捧着我的手，看着我。她的眼神温暖真诚，令人安慰。"我们改天再聊，好吗？"

"我很高兴。"我说。

然后，她走了。

第十五章

我们踏上返程。刚开始时,车里仍然沉默。打破沉默的,仍然是米隆。

"篮球选拔赛什么时候开始。"

"我不明白,"我说,竭力不让自己发脾气,"为什么是你?"

"什么?"

"你为什么将'守护'"——我用手指比划出引号的样子——"安吉莉卡·怀亚特?"

"我有时就是这样找到客户的,"他解释说,"你瞧,安吉莉卡·怀亚特要离开她的经纪公司了。我希望——"

"我还以为你已经把你的公司卖了。"

"没错。"米隆说。

"那这是怎么回事?"

"有点复杂。"

"我不明白。你是不是她雇佣的保镖?"

"不是。"

"那是什么?"

前面是红灯。米隆把头转向我,看着我的眼睛。"我帮助别人。"

"怎样帮?"

"我守护他们。我解决棘手的问题。有时……"

"有时什么?"

"有时我救他们。"

米隆继续开车。

"这也是你正在对我做的事情吗?"我问,"救我?"

"不。你是亲人。"

"你弟弟也是你的亲人。你为什么没救他?"

我看到他脸上闪过痛苦的神情。但我还没说完。

"你知道,你本来可以的。"我说。我的话像决堤的洪水奔涌而出。"你本来可以救他们两个的。妈妈和爸爸。从头开始就可以。你可以接受他们相爱的事实,而不是去拆散他们。妈妈可以生下我,继续打网球。她本来可以成为人们期待的巨星。妈妈和爸爸本来不需要逃避——他们可以在这里把我养大。我本来可以和爷爷奶奶建立起真正的亲情关系。你和我,我们可以建立伯伯和侄子的和谐关系。我们可以一起打球。"

米隆直视着前方。一滴眼泪从他脸上滚落下来。我的眼睛也湿润了。但我才不会让该死的眼泪流出来呢。

我不依不饶地继续说:"如果你做到了这点,妈妈今天就不会是康复中心里的一具躯壳。她就还在开心地欢笑。爸爸也还活着,我们可以一起玩。你想过这些吗,米隆?你就从来没有回想过,如果你当初相信他们,情况会怎样吗?"

突然,我觉得心力交瘁。我闭上眼睛,把头仰靠在靠枕上。

过了一会儿,米隆用沉痛的声音轻声说:"我的确想过。我每天都在想。"

"那米隆,你为什么,为什么没有帮他们?"

"也许你可以从我的错误中吸取教训。"

"吸取教训?"

"是的,正如我说过的一样,"米隆脸色阴沉地把车开进车道,"当英雄总会有后果,尤其当你确信自己做的事情正确时。"

第十六章

我们到家后，米隆和我各忙各的。我开着电视做作业，希望能看到有关蕾切尔家枪击案的最新消息，但有线电视新闻没有相关报道。

我想了很多。我想到蕾切尔坐在医院病床上，想到勺子听到的有关伊玛的传言。我想到妈妈正在戒毒，爸爸死了，以及蝙蝠女人神秘的话。我还想到米隆警告我做英雄的危险。

我还准备上网，用蕾切尔的名字搜索一下。但在那之前，我浏览了各个电视台，觉得应该看地方台新闻。5频道正在播出不祥的夜间警告："现在是晚上10点。你知道你的孩子在哪里吗？"然后，他们才开始播出新闻。

播音员的黑头发看上去像油漆未干的塑料假发，脸颊上的腮红太多，仿佛在提醒我去看林林兄弟与巴纳姆贝利马戏团的演出。

"总统视察海外部队。卡塞尔顿的一桩枪击案让母亲死亡女儿住院。你还在喝汽水吗？它可能有毒。广告之后，我们将向你介绍汽水的各种巨大危害，以及怎样保证自己的安全。"

我低头看着我的水杯，很高兴杯子里的不是汽水。

发蜡太多的播音员回来之后，先评说总统，然后才进入"汽水危害性"的正题。他说，有个人声称在西奈阿克的一家快餐店买了一听汽水，结果却在汽水中发现一条虫。因此，这个怎样保证自己安全的节目的意思，好像是提醒你，在西奈阿克的某家快餐店买汽水时，你得先检查汽水。

最后："昨天晚上，新泽西州卡塞尔顿镇郊区高档住宅区发生枪击案，母亲死亡，女儿头部中枪伤。"电视屏幕上现在显示的是蕾切尔家的房子。"诺拉·考德威尔和她女儿蕾切尔遭遇的枪击案就发生在这座豪宅中。警方相信，可能是入室行窃未遂的结果。但他们也说，调查刚刚开始，现在下结论为时过早。"

我想，他们什么也不知道。

关于这次调查，有很多事情都让我心烦意乱。首先，枪击案发生前一天，我去过蕾切尔家，她告诉我说她父母离异，她和爸爸住在一起，爸爸大多数时候不在家（正与第三任妻子旅游），她妈妈住在佛罗里达。她为什么没提到，她妈妈要来看她，可能住在前夫家里呢？

这说得通吗？

蕾切尔是否认为没必要告诉我她妈妈要来看她？或者，还有什么别的原因？

我不知道，但总觉得有些地方不对劲。

最重要的是，泰勒警长在医院的奇怪举动目的何在？我猜他肯定是通过他儿子特洛伊认识蕾切尔的。想到这点，我竭力忍住才没有咬牙切齿。但他为什么不想让蕾切尔和重案组调查员邓利维谈，而必须要先和他谈呢？他害怕她会说什么吗？或者，更可能的是，泰勒警长自己想先知道一切？

我爬到床上，想到蕾切尔失去了妈妈，我失去了爸爸。这会让你总是感觉站在摇晃的地面上，仿佛地球随时可能塌陷，你会掉下去，没有人能抓住你。

我又想到伊玛和那些传言。我不知道此刻她在哪里，是否平安。我拿起电话，给她发短信：只是想说晚安。

两分钟后，伊玛回复：有时你真的像个大姑娘。

我笑着回复：好吧。晚安！

伊玛：我查到那个纳粹急救员的一些信息了。

我：什么？

伊玛：星期一课前见。我给你看。

第十七章

我到校的时候,伊玛正在学生停车场后部的一个角落里等着我。这些地方都大受青睐。我猜,曾经有学生为了争夺这些地盘大打出手。现在,学校精明地出售它们,以此赚钱。如果你想全学年占据最佳位置,你得支付1000美元。我觉得最不可思议的是,这些地方不仅在破纪录的时间内被出售出去,而且还有很多人排队等着购买。

我背着运动背包,里面装着我打篮球时需要的东西。今天是选拔赛第一天。尽管我生活中发生了那么多其他事情,但一想到这件事,我仍然忐忑不安。

我步行上学。所以,我猜伊玛也是。我的意思是说,我从没见过她的父母开车送她上学。她总是直接从田野后面那片树林中走出来。我向她走过去时,不由自主地注意到,伊玛看上去有点……不一样。但我说不出来哪里不一样。她仍旧全身上下都是黑色,没有一抹彩色。她的皮肤仍然苍白,她今天选择的口红比平时的颜色更红一点。

"怎么啦?"伊玛说。

我耸耸肩。"你看上去不一样了。"

她眯起眼睛。"怎么不一样?"

我说不出来。但肯定有什么地方发生了变化——也许是她手臂上的文身……不过无论那是什么,现在都不是讨论的时候。"没什么。你说你查到屠夫罗兹的信息了?"

突然，伊玛把脸转向一侧。

"怎么啦？"我问。

"你必须保证不会问我怎样查到的。"

我皱皱眉头。"你不是在开玩笑吧？"

"不，我是当真的。这有什么好笑的吗？"她咬着下嘴唇，"你必须保证。你不能问来源。"

"但我不明白。"

"你保证就行了，好吗？"

"我甚至不知道我要保证什么，"我说，"不过好吧，我不问你是怎么查到的。我什么都不问。"

伊玛还在犹豫。她认真看着我的脸，想确信我的保证是否认真。然后她说："我把你那张屠夫照片PS了一下。如果我把一张身穿纳粹服的人的照片寄给别人，还问他的工作是不是急救员，他们会觉得我脑子有毛病。"

我点点头。她的话有道理。

"因此，我用Photoshop把他的衣服改成了更加现代的服装。我还寄去一张原来那种黑白照片和一张我上了彩色的。"

"你把它们寄给谁了？"

伊玛狠狠瞪了我一眼。

"嗯，等等，"我说，"那就是你说的信息来源吧？也就是我不该问的？"

"也不完全是。"伊玛说。她又迟疑起来。在我们周围，各个小圈子的学生们正聚到一起。他们或者在闲聊，或者在欢笑，或者和我们一样，在一本正经地谈事情。我不知道他们中有多少人在谈论二战时的老纳粹。我怀疑不多。

"我把照片寄给圣地亚哥急救医疗服务中心主任，"伊玛说，"我说的来源是那个帮我联系上他的人。但那不重要。"

"好吧,"我说,"主任怎么说?"

"哈罗,伙计们!"

我转过头。是勺子。伊玛看上去有点不高兴。

勺子把眼镜往鼻梁上推推。"我迟到了吗?"

"我们刚开始。"我说。

我们两个都把头转向伊玛。她看上去更不高兴了。"等着。"

"什么?"

她指着勺子。"他来这里干什么?"

"他是我们中的一员,伊玛。"

她看着勺子。勺子挤挤眉毛,张开双臂。

"喜欢你看到的吗?"勺子问。

伊玛皱起眉头。"你真的戴了衣袋保护袋?"

"对呀,难道你想让这笔毁了我的衬衫吗?"

"你说那件衬衫吗?是的。"

"但绿色方格衬衫又回来了。"

"好了,"我站到他们俩中间说,"我们还是言归正传好吗?"

伊玛锁定我的目光。

"他是我们中的一员。"我重复道。

她垂下眼帘。"好吧,随便你,反正那是你的纳粹。"

"请继续。"勺子说。

伊玛没理他。"不管怎么说,我把照片寄给圣地亚哥急救医疗服务中心主任了。那个地区发生任何车祸,他们都是最早做出回应的人。我还说了你们出车祸那天的日期。"

"一个问题,"勺子揉着下巴说,"你的信息来源于谁?"

伊玛狠狠瞪了他几眼。

"勺子。"我说。

他看着我。我摇摇头，示意他保持沉默。

"因此，那两张照片就被转到了人事部。他们彻底查了档案，还把照片给他们能找到的每一位员工看。然后，为了确认，他们还发给我一个网站的链接，过去三年来每一位为国家工作过的注册急救员的头像都在那里。"

她吞了口唾沫。但我知道她接下来要说什么。

"没有他的记录。没人认识他。根据圣地亚哥急救医疗服务中心提供的信息，这个人从没为他们工作过。"

沉默。

然后我说："还有私营救护公司，对吗？也许他们中的一家……"

"有可能，"伊玛说，"但它们不可能被召唤去洲际公路的车祸现场。这是国家的管辖范围。"

我竭力厘清她告诉我的信息……但我期待她发现什么呢？年届九旬看上去大约三十岁的纳粹一直在为圣地亚哥急救医疗服务中心工作？不过，最起码，那位沙色头发的急救员看上去像屠夫罗兹。那就有人能够找到那个人，对吗？如果他们把照片出示给很多人看，还彻底查了记录，不是应该会有人站出来说"嘿，这个人看上去像……"吗？无论他叫什么名字。

我低头看着伊玛。"这么说，这是一条死胡同？"

她用她特有的关切眼神看着我。

"我的意思是说，我那天看到的沙色头发绿眼睛男人究竟是谁呀？谁把我爸爸从现场带走的？"

勺子一直保持沉默。伊玛向我走近一步，把手放在我手臂上。"我们才开始调查。这才是第一步。"

勺子赞同地点点头。

"一定有事故报告,"勺子补充说,"与事故相关的每个人的名字都应该在里面。我们要搞到一份。"

"好主意,勺子。"伊玛说。

他挺起胸脯。"你知道的,我不仅仅很养眼。"

我们。他们一直在说我们。这种感觉有点荒谬——我们只是几个毛孩子——但有这两位在我身边,我依然感到不可思议地欣慰。

伊玛又把头转向我。"我会让我的联系人继续帮忙。"

"我不能问的那个?"我说。

"对。"

铃响了。学生们开始蜂拥进学校。我们互相道别,往里走。我的头三节课缓慢平静地过去。没有什么比学校生活更乏味的了。你盯着时钟,绞尽脑汁想让指针走快点。但它们从来都是不紧不慢。

今天第四节课是弗莱德曼老师的课。那也是午餐前的最后一堂课。我前面可能提到过,弗莱德曼是我最喜欢的老师。她教书很长时间了——米隆伯伯也是她的学生之一——但她没有失去半点热情。我喜欢她的这点,因为她的热情极富感染力,好像没有什么可以让她乏味。每个问题都值得回答,每个时刻都值得研究。

弗莱德曼开心地生活在大学预修历史课程的冰雪球里。

但今天,甚至弗莱德曼老师好像也有点不在状态。她脸上的笑容依然在,但完全没有以往的感染力。当然,我知道原因。我猜,其他同学也知道。弗莱德曼老师的眼睛总是瞟向那张空桌子。

蕾切尔的课桌。

蕾切尔第一次向我做自我介绍就在这里。没错。就在这间教室里,学校里最漂亮的女孩曾经冲我微笑,主动和我交谈。我当时既不知所措,也暗自得意。我那时到这里才短短几周。但我这个卑微的新来者,高二生,已经引起那位女孩的注意。

我一定超级酷，不可思议地英俊潇洒，对吗？

不是。我很快便得知，蕾切尔接近我是别有用心。

在发生过的所有事情中，我差不多已经忘了这点。刚开始时，蕾切尔是在欺骗我。她可能有她的理由。但现在想起来，我是否真的信任她呢——像我信任伊玛和勺子一样？她曾经和我们一起，打败了一些十恶不赦的坏人。她勇敢机智，冒了很大风险。

尽管如此，蕾切尔最先接近我们的动机不纯。

我能不去在意这点吗？病房里那场神秘对话又是什么意思？她门上怎么会有阿贝欧纳蝴蝶？

她还保守着什么秘密吗？

快下课时，弗莱德曼老师说："今天的作业是，阅读教科书中的第十七章。"

我打开自己的教科书，想看看第十七章有多长。我用拇指翻动着书页，无意间看到了第三十六章的标题，要到本学年最后几周时，我们才会学到那一章。标题是：

第二次世界大战和大屠杀

下课铃响了。我坐了一会儿。弗莱德曼老师是研究二战和大屠杀的专家。如果我把那张黑白照片给她看……嗯，不行。可能太鲁莽。而且意义何在呢？但如果我向她打听一下屠夫罗兹，也许她能给我指点迷津。

我无法想象结果会如何，但那不会有什么坏处吧？

弗莱德曼老师还在擦黑板。在我认识的老师中，她是唯一还在使用黑板和粉笔的。她在每个方面都是老派人物，我喜欢她这点。

"弗莱德曼老师？"

她转过身，笑着对我说："你好，博利塔先生。"

弗莱德曼老师总是称呼我们"先生"或"小姐"。如果换成其他老师，这可能会引来一片呻吟，一大堆白眼。但弗莱德曼老师不会。

我不太确定该如何开始，干脆直入正题。"我想问您一个历史问题。"

她站在那里等着。我又沉默了一小会儿。她说："嗯，问吧。我想你也不会问我数学问题。"

"当然不会。"

"那是什么问题呢，博利塔先生？"

我紧张地吞了口唾沫。"你了解屠夫罗兹的任何情况吗？"

弗莱德曼老师的眼睛睁大了一点。"汉斯·蔡德纳？二战时的屠夫罗兹？"

"是的。"

好像单单这个名字已经让她惊骇。"我不明白。这是为了上另一门课吗？"

"不是。"

"那是为什么？"

我不知道该如何回答。弗莱德曼老师比我矮很多，但我觉得在她的注视下，自己正在缩小。我站在那里，试图想出一个说得过去的理由。一两秒钟过去了。然后，弗莱德曼老师举起一只手，仿佛明白了，我无须再说什么。

"罗兹在波兰，"她介绍说，"20世纪40年代，那里有个犹太人聚居区。汉斯·蔡德纳是在那里工作的纳粹军官。他是党卫军——坏人之中最坏的人，残酷地杀害了数百万犹太人。但可能屠夫在奥斯维辛工作那段时间的名声更大。"

奥斯维辛。单单这个名字都让教室里死一般寂静。

"你知道奥斯维辛吗?"弗莱德曼老师问我。

"知道。"

她摘下阅读眼镜。"把你知道的告诉我吧。"她说。

"奥斯维辛是臭名昭著的纳粹集中营。"我说。

她点点头。"大多数人都这么说。'集中营'。我喜欢这个更准确的名字——灭绝营。超过一百万人在那里被杀害,百分之九十是犹太人。"她顿了顿,"灭绝营的管理者是鲁道夫·赫斯,屠夫罗兹是他的喽啰,但他比上司更无情。你听说过莉齐·索贝克吗?"

我再次不知如何回答,所以模棱两可地说:"她是经历过大屠杀的小女孩,对吗?"

弗莱德曼老师点点头。"莉齐·索贝克是一个十三岁的女孩,来自罗兹。"

"罗兹?和屠夫罗兹中的罗兹一样?"

"完全一样。"

"她住在那个聚居区吗?"

"住过一段时间。"弗莱德曼老师说。她把目光转向别处,出了一会儿神。我不知道她的思绪已经漫游到何处。"嗯,关于莉齐·索贝克的故事,史料记载得很粗略。我们不清楚哪些是真的,哪些是传说。"

我紧张地吞咽着。

"你没事吧?"弗莱德曼老师问。

"我没事。"

"你脸色苍白。"

"没什么,这样的事情令人难受。但我想听。"

弗莱德曼老师仔细打量我的脸。我不知道她在找什么。也许,她想知道我为什么会对这样残忍的事情感兴趣;也许,她想知道我为什么好像和那些人有个人联系。"根据所有史料,索贝克一家关系密切。

父亲叫塞缪尔，母亲叫埃丝特，孩子是十六岁的伊曼纽尔，当然还有十三岁的莉齐。他们是犹太人，一直躲在罗兹，直到屠夫的人发现他们，把他们转送到奥斯维辛。她妈妈和哥哥立即被关进了毒气室。她父亲被送进一个劳动营。"

"莉齐呢？"

弗莱德曼老师耸耸肩。"让我先讲我们的确知道的，好吗？"

"好的。"

"不知怎么回事，塞缪尔·索贝克与十来个其他被关在奥斯维辛的人逃了出去。他们躲进树林里。但屠夫率领的党卫军终于发现了他们。纳粹甚至不想费事把逃犯带回集中营。他们直接将抓到的犹太人排成一列，就地枪决，将他们的尸体扔进一个地洞。就这么简单。莉齐·索贝克的父亲是这些人中的一位。"

寒意在教室里弥漫。突然间，一切声音都没有了，死一般寂静。我的同班同学们还在大楼里，此刻却仿佛已经去到某个遥远的地方。

"莉齐呢？"我问。

"嗯，"弗莱德曼老师边说边向书架走去，"那部分记载起来也更难。我们只有莉齐·索贝克和家人1942年9月进入奥斯维辛的记录，但查不到他父亲在那以后发生的事情的记录，——一切都只是传说。"

"嗯，"我缓慢地说，"是什么样的传说呢？"

"莉齐·索贝克也逃出奥斯维辛，不仅没被抓住，而且加入了抵抗运动。尽管她只是个小女孩，却真的在和纳粹战斗。但有关莉齐·索贝克的最著名传说是，她参加了波兰南部的一次营救活动，而且据说还是活动的组织者。"

"什么样的营救活动？"

弗莱德曼老师从书架上拿出一本书。"好像一些抵抗战士设法阻止了一列转运犹太人去奥斯维辛的火车。时间不长。就一会儿。他们把树干横在铁轨上。卫兵不得不跳下火车去搬。这列火车上有一节特别车厢，里面装的全是孩子。"

听到这里，我目瞪口呆。孩子。莉齐·索贝克一直想救孩子。

"有人砸开那节车厢的门，孩子们设法逃进树林里。有五十多个。他们声称，把门砸开的人——也就是领导这次袭击活动的人——是个小女孩。"

"莉齐·索贝克。"我说。

弗莱德曼老师点点头。她打开手里的书。我只能看到标题的一部分——是大屠杀的图片——但她快速翻起书来。

"你相信这个传说吗？"我问。

"有些证据可以佐证这个传说，"她稍显谨慎地说，仿佛正在阅读她不能完全相信的记载，"我们都知道，那些孩子的确得救了。我们还知道，大多数孩子都声称，那次活动的组织者是个小女孩，而且他们描述的长相也与莉齐吻合。但从另一方面看，那些孩子中从来没有人亲自见过莉齐·索贝克，也没人和她说过话。如果这个传说可信的话，那真的是她救了他们，把他们带上山，然后就走了。"

"不过，"我说，"有那么多目击者……"

"是的，的确如此，"弗莱德曼老师说，"但还有一些问题，给这个传说蒙上了不可信的色彩。"

"比如什么？"

她还在翻着那些图片。"比如目击者都是孩子。他们都很小，很害怕，而且又冷又饿。当时外面还很暗。"

"因此，他们看到的可能不是莉齐·索贝克。"

弗莱德曼老师点点头。但我看到一丝阴影从她脸上掠过。"但还有一些其他事情。"

"什么？"我问。

"当时是二月。在波兰。地上有雪。"

"因此很冷。"

"冷得会把人冻僵。"

"你认为,那可能影响孩子们的判断力吗?"

弗莱德曼老师的手指停在一页上。她摘掉阅读眼镜,我看到她眼里有泪花。"这张图,"她指着那页说,"是那天被救的一个孩子画的。"

她举起书,把那幅图给我看。我看到那图时,心脏瞬间停止跳动。

孩子们在夜里往山上跑。他们身后是一列火车,前面是树林。画的正中是一个女孩,独自站在小山上等着他们,女孩四周是数百只……

"蝴蝶。"我大声说。

第十八章

我盯着那幅画。

"据那些孩子说,"弗莱德曼老师说,"蝴蝶领着他们到达安全地方。是蝴蝶。而且是在隆冬季节。"

我一动不动。

我想,那是阿贝欧纳。不过我也知道,那是不可能的。

"你相信吗,弗莱德曼老师?"

"哪一部分?有蝴蝶?在波兰的隆冬?不,那不可能。"

"因此这个营救孩子的传说……"

"我也不知道,"弗莱德曼老师把头偏向一侧,"历史上有许多这样的事情,人们的情绪集体失控时,容易出现幻觉——身处绝境的孩子尤其如此。许多我们觉得'无法解释'的事情,其实是一种心理创伤。在这样的幻觉中,蝴蝶是最常出现的。但我们的确知道,那列火车被阻止,孩子们得救了。"

"但我们不清楚蝴蝶和莉齐·索贝克的事。"我说。

我凝视着那张画,觉得我也许清楚。

我说:"嗯,那些相信这些传说的人,他们认为莉齐·索贝克最后怎么样了呢?"

"莉齐·索贝克继续为抵抗组织战斗,在后来的一次袭击活动中牺牲"——她从图片上抬起头——"被屠夫罗兹杀了。"

就是杀害莉齐父亲的那个人。也就是七十年不老,把我父亲推走的那个人吗?

有些地方无法衔接起来。

"屠夫怎么样了呢?"

"这是二战最大的秘密之一,"弗莱德曼老师说,"没人知道。"

我现在能听到远处学生们的笑声了,声音在走道里回响。我们在这里讨论一个杀人无数的男人,附近却有欢笑声。

"有人说屠夫死于二战。有人说他躲过联军逃走了。战后,西蒙·维森塔尔(Simon Wiesenthal)和纳粹追查者都追查过他——有传言说他在阿根廷——但他们从没找到过他。"

铃响了。我惊得一跳。我们又站了一会儿。但是时候了,我应该结束这一切,离开黑暗恐怖的过去,回归正常的高中生活。

"你没事吧,博利塔先生?"

我仍然有些恍惚。"我没事,谢谢您,弗莱德曼老师。"

我跌跌撞撞走出教室,顺着走廊往前走。到达餐厅时,伊玛立即发现我不对劲。但勺子却没有。我把与弗莱德曼老师的对话内容如实转告他们。

"你觉得这一切意味着什么?"伊玛问。

没人知道答案。勺子正在吃花生酱果冻三明治,切得非常整齐,棱角分明,让我怀疑是否有人用了量角器。他轻轻推推我,换了个话题。"你今天要参加篮球选拔赛吗?"

伊玛抬起头,等着我的回答。

"是的。"

她脸上掠过一种神情。我不确信那是什么。她已经知道答案。她知道篮球对我多重要。为了能在一个地方长住,加入一个队,我已经等了一生。这是我家回到美国的主要原因之一。我父母想让我过上正常生活，在高中校队打球，也许还能得到大学奖学金。计划是那样的。

"你意识到了吗，"勺子吞下一口三明治说，"你的有些比赛可能会影响到你出任我们俱乐部新副会长的职责。可能会有冲突。"

"没错，勺子，这是个机会。我必须把握。"

这个回答没让勺子开心。"你的意思是说，对你来说，篮球比我爱音乐剧基金会俱乐部更重要吗？"

伊玛啪地扔下叉子。"什么俱乐部？"

"我们会更名的。"我解释道。

"豪华包厢"餐桌今天好像气氛不错。我猜，那些家伙也只能保持这么长时间的安静。特洛伊·泰勒正在炫耀地用手指转动篮球。他把手臂弯到背后，让球继续保持旋转。然后，他又让球从他的一只手上滚到他胸脯上，再滚到另一只手上。他表演完之后，大家都鼓掌欢呼。他点头致意，向我看过来，仿佛想知道我的反应。我没让他看出任何反应。

"嘿，"勺子说，"你们两个要去参加安吉莉卡·怀亚特新电影的临时演员面试吗？"

"不去。"我说。

伊玛的眉头皱得更紧了。"我当然不去。"

"我可能要去，"勺子说，"除非……"

"除非什么？"

"嗯，万一安吉莉卡·怀亚特看中我，我怎样向她解释我还是未成年人？"

伊玛再也无法忍受，起身走了。

我百无聊赖地挨过那天的其他课程后，走进男生更衣室，为选拔赛换装。这地方拥挤不堪。我进去时，特洛伊和巴克看到我，对我怒目而视。

伙计们，好戏开始了。

我再次发现自己心中忐忑不安（原文 I had butterflies in my stomach 我肚子里有蝴蝶——译注）。但听了莉齐·索贝克的传说后，我觉得最好用个不同的比喻。还是简单地说吧，我紧张。真的很紧张。

我套上短裤，穿上篮球鞋。

"便宜货。"我听到一个声音说。

我转头看去。是巴克。"你说什么？"

"你的球鞋，"他指着它们说，"是不是在，嗯，在打折店买的呀？"

有人喷鼻息。有人在讥笑。

"唔，是的。"我说。

我自己也觉得这个回答不算特别聪明。巴克好像更得意了。"难怪，难看死了。"

"谢谢，"我指着他的脚说，"你的很漂亮。"

巴克凑到我身边，我们的嘴相隔只有几英寸。"你干吗不帮这里每个人一个忙，回家去呀？"

我把头转开，仰起身。"你干吗不帮这里每个人一个忙，随身带着薄荷糖呀？"

他还没做出任何反应，我已经疾步向体育馆走去。数十名孩子正在热身，有的在舒展手脚，有的在练投球。我向离更衣室最远的篮板走去。我舒展几下四肢，投了几个球。但我还是紧张。球从篮圈上弹开。

我听到球场那头传来讥笑声。然后，巴克喊道："臭球！太臭啦！"

天啦，我必须放松。

哨声吹响。有人喊道："请大家在看台上找个位置坐下。"我们照办。特洛伊和巴克坐在第一排，我便向后面走去。格雷迪教练走出来，体院馆里顿时安静下来。

"先生们，欢迎你们来打球。我是格雷迪教练，卡塞尔顿高中首席教练。仅次于我的是斯泰豪尔教练。他负责二队。"

格雷迪教练身穿裤脚有松紧带的灰色运动裤，身前有暖手袋的黑色连帽衫。他的头发稀疏，仅剩的几缕已经长得太长，紧贴在头皮上。

"几分钟后，"他继续说道，"我们将把你们分开。高二生和高一新生去二号体育馆。"他指向旁边那个更小的体育馆。"高三和高四生留在这里。"

格雷迪教练的声音在高中体育馆里回响，任何人的声音都会如此。高中体育馆都一样。都用厚厚的砖头修建，都有可以抽出来的木头长凳，闻上去都有股旧袜子和消毒剂的气味。我环顾着那个地方，突然很想家。一张写着1000分的巨大海报吸引了我的眼球。在本校历史上，有11名学生达到过那个目标。9名男生，2名女生。

一名运动员甚至得过两千多分。

猜猜是谁？

对，米隆伯伯——一直以来的最高纪录保持者。我顺着名单往下看。当我看到爱德华·泰勒的名字时，我停了下来。那是特洛伊的爸爸，也就是警长。他是一直以来的第二纪录保持者，篮球生涯的总得分是1758。我继续往下看了几个名字，看到了特洛伊·泰勒。他是最新进入前十名的球员，得分1322。特洛伊的名字旁边有一个星号，注明他还活跃在球场上，积分会上升。

我叹息一声。那个名单有点像我的敌人名单。我惊讶屠夫罗兹是否得过1000分！

"我们大家都知道，有一些优秀高四球员将回到校队。去年，我们甚至赢得了县锦标赛冠军，这是十年来第一次。"格雷迪教练指指远端墙上那面新的县锦标赛冠军奖旗。我数了一下，还有六面县锦标赛冠军奖旗，第一面是1968年获得的。

"那个队的五名先发球员今年也都要回来和我们一起打球，"格雷迪教练继续说，"赛季结束后，我们将在那面墙上再挂上一面州锦标赛奖旗。"

现在，他指着的是两面很大的州锦标赛奖旗。县锦标赛冠军奖旗相形见绌。没错，有史以来，塞尔顿高中只赢得过两次州锦标赛冠军，而且两次都在大约二十五年前的事情了。我在心里算了算，但我已经知道答案是什么。猜猜谁在那两支获胜的球队中？猜吧，你肯定猜不到。

对了，你怎么知道的？

是米隆伯伯。

"那就是我们的目标，"格雷迪说，"州锦标赛冠军。这是我们的首要任务。"

他的话赢得一阵掌声。反应最热烈的，当然是坐在前排的特洛伊和巴克，还有回来打球的队员。在这些"入选"老队员面前，我们其他人突然感觉自己很像贸然闯入者，反应保守得多。

"现在，在我们分头开始选拔赛之前，队长特洛伊·泰勒要给大家讲话。这很重要。大家认真听。特洛伊？"

特洛伊慢慢站起来，转过身，站在我们面前，低下头，仿佛在祈祷。有那么一会儿，他一动不动。这究竟是怎么回事？特洛伊好像正在召唤某种内在力量。

或者，他正在蓄积力量，准备再次高喊："伊玛，哞哞哞！"

天啦，我不喜欢这个人。

最后，特洛伊终于打破沉默。"你们都知道，对卡塞尔顿高中来说，现在是一个非常艰难的时候，对我个人尤其如此。一位美丽的女孩惨遭枪击，差点丧命。"

噢不，我想。他不会要说……

"一个我非常在意的女孩。一个为本队欢呼呐喊,嗯,为她的幸运男友……"

他真的要说!

"一个在特洛伊·泰勒生活中占据重要地位的女孩……"

等等,他提到自己时一直在用第三人称?我真想照准他的脑袋就是一巴掌。那简直就是个自大傲慢的气袋。我看着和我一样准备参加选拔赛的学生们的脸,估计他们也会感到乏味可笑。但根本不是那么回事。他们都全神贯注地听着。

"嗯,这位特别的女孩偷走了我的心。此刻,她却躺在病床上,命悬一线。"

特洛伊终于顿了顿。我不知道他是否雇过表演教练。我冲着看台上的一个人翻了个白眼,但他对我怒目而视。

他们都相信了!

"尽管如此,蕾切尔和我当然一直有联系。"

唔?骗人。或者……等等,再等等……

"因此,我想让大家知道,蕾切尔会挺过这一关。她已经向我承诺过。她保证她会回来,重新穿上啦啦队队服。当特洛伊·泰勒投中他的专利三分球时,她将欢呼雀跃……"

我不知道,我此生是否还会有其他任何时候比现在更想猛揍一个人。

"因此,我想请求大家时刻想着蕾切尔。我们把这个赛季献给她。我们的队服上都将有这个。"

特洛伊指着他的右胸,蕾切尔·考德威尔的首字母缩写RC已经被缝到他的套头运动衣上。

他一定是在开玩笑。

"我还想请大家为戴着这两个字母自豪。我想请你们想着蕾切尔还在病床上，我希望这能让你们打得更好，更努力……"特洛伊咬着嘴唇，仿佛正强忍住泪水。巴克站起来安慰他。但特洛伊将他甩开，用手指向天空。

"上帝，保佑我的蕾切尔，把她带回我身边。"

体育馆里片刻沉默。然后，和我坐在一起的学生们爆发出雷鸣般的掌声，尖叫、呼喊起来。然后，大家齐声喊道："特洛伊！特洛伊！特洛伊！"特洛伊竟然真的举手致意，仿佛刚刚被介绍去颁发一项奥斯卡奖。我坐在那里，生怕选拔赛第一天就会现场呕吐。

格雷迪教练吹响哨子。"好啦，到此为止，"他说话的语气，让我觉得他也许不相信特洛伊的话，"每人跑五圈，然后二队去二号体育馆。现在开始跑步训练。"

第十九章

对于运动，我有很多不喜欢的地方。我不喜欢运动员受崇拜，仅仅是因为他们有一些技能，比如说，以更快的速度传球，或者能用比大多数人更娴熟的技术让球钻进一个金属圈。我不喜欢我们把比赛搞得那么重要，把它们比喻成真正的战斗甚至战争。我不喜欢运动成为卡塞尔顿这样的小镇上每个人谈论的话题。我不喜欢（实际上是恨）那些难听的话，不喜欢过分狂热的庆祝活动（正如我爸爸过去常说的一样"表现得好像你真的到过那里似的"）。我不喜欢观众向裁判尖叫，抱怨教练的方式。我也不喜欢所有竞争者，包括我在内，与生俱来的专心致志和自私自利。在这样一个小镇里，有些人天生缺乏运动基因，非常容易在浴室里摔倒甚至死去（的确如此！），却还在喋喋不休地说想成为职业运动员。我很不喜欢这点。

但是，也有许多我热爱的地方。我热爱运动精神，尽管这听起来很老套。我喜欢比赛之后对手互相握手，会意点头。我喜欢与队友们分享伟大的时刻，享受团结的快乐。我喜欢流汗，喜欢付出努力，尽管可能最后仍然是输。我喜欢那种感觉——被疯狂的运动环绕，却仍旧完全独立。我喜欢听篮球在运动场地板上跳动的声音。我喜欢只有在运动场上才能找到的那种逃避感。我喜欢比赛本身的纯洁性。我喜欢竞争——但我的意思是"赢得胜利，"不是"打败"、"战胜"或者"贬低"对手，不过我知道这总是被混淆。我喜欢裁判叫暂停的随意性。我还喜欢那种感觉,你真的不知道球会怎样弹跳。我喜欢运动中蕴含的诚实性。我喜欢这样的事实,即使你爸爸是你在少儿联盟队的教练,让你当投手或者四分卫。最后,如果你没有那种天赋,事实会胜于雄辩。

我想说明什么呢?

过一会儿就能见分晓。我开始很紧张。失球率比平时更高。刚开始时,我的潜在新队员们让我手脚僵硬,因为我是新来的,是贸然闯入者,而且已经与特洛伊和巴克之类的人为敌。但争夺战一开始,我们急速地来回奔跑起来时,我的紧张感释放出来。我一旦进入这个神奇"区域"——我最爱的地方——世界的其余部分就将消失。我开始自如地传球,投球,引来阵阵惊叹声。

斯泰豪尔教练是一位比较年轻的英语老师。他起初没说什么。但训练进行到大约一个小时后,我看到他去了一号体育馆,和格雷迪教练交谈起来。格雷迪教练站在门口,抱着双臂看了一会儿。我打得越来越好。我直接投了两个三分球。然后,我运球直抵篮下,侧身将球传给一位队友,他轻松进球。我抢到篮板球,冲破后卫的防守……我全神贯注于比赛之中,一时间甚至忘了校队教练正看着我。

但我知道。

这就是我所说的运动的诚实性。在球场上,你可以奔跑,但你不能躲藏。在球场上,你可以阻止别人,但如果他球艺精湛,他终将冲破阻碍。格雷迪教练可能希望一切简单直接,不出所料。他已经有那些高四生等着参赛。但总的说来,运动却从来不是这样的,从来不会简单直接,不出所料。如果那样,我们就不用看比赛,甚至不用比赛了,对吗?

"好啦,"斯泰豪尔教练喊道,"今天就到这里。去洗澡吧。明天的选拔赛下午五点开始。明天见。"

我们准备散开时,好多人向我走过来,祝贺我。他们问我在哪里学的打球,从哪里来,上哪些课程。我知道我说过喜欢比赛之后的握手。是的。我喜欢你给予对手或队友的那种尊重。但我不喜欢这样的事情,因为你碰巧跳得高,或者表现出超乎寻常的协调性,人们突然就想和你交朋友。

但是,嘿,这并不意味着我不想受到关注。

有些人可能称之为虚伪。我可能会表示同意。

二队比校队结束得更早,因此我去淋浴和更衣时没碰到特洛伊和巴克。我静下心来,开始回想特洛伊的讲话。也许,尽管他听上去很可怕,也可能不是在胡说八道。也许他和蕾切尔仍然在恋爱。他们曾经约会过,对吗?因此,也许他们已经重新走到一起。也许她与死神擦肩而过后他们已经重归于好。

这个想法让我心里很不是滋味。

我擦干身体,让呼吸恢复正常。当我查看电话时,心跳再次加快。蕾切尔发来一条很短的信息:嗨!

我哑然失笑。蕾切尔一定上过米基·博利塔的最棒开场短信学校。我查看短信时间,是一小时前发的。我飞快回复道:嗨,你还在那里吗?

没有回复。我放下电话,盯着电话开始穿衣服,等着它振动。我正在穿鞋时,电话振动起来。

蕾切尔:是的。你在哪里?

我:今天选拔赛。

蕾切尔:如何?

我:不错。谁在乎?你好吗?

蕾切尔:好些了。子弹擦破头皮,但没造成伤害。明天下午出院。

尽管这听上去很幼稚,但我真的想问她是否和特洛伊有联系。不过，1）这与我无关，2）你就不能想一些更有趣的事情吗？再者，特洛伊的讲话又在我脑子里回响起来：

这位特别的女孩偷走了我的心。此刻，她却躺在病床上，命悬一线。

明天就要出院的人命悬一线？骗人！

蕾切尔：你明天放学后能到我家来一下吗？

好吧，我承认，我心里很得意，脸上浮现出笑容。三点放学。选拔赛五点才开始。

我回复：没问题。

蕾切尔：我爸爸四点回家。我不想让他看到你，所以我们必须抓紧时间。

我不知道该如何理解这点。

于是我问：出什么事了吗？

蕾切尔：就这样吧。别告诉任何人我给你发过短信。任何人都不能。明天见。

我盯着电话看了一会儿，然后穿好衣服。我走出更衣室时，斯泰豪尔教练正在等我。

"你有空吗，米基？"

"当然，教练。"

斯泰豪尔教练留着浓密的卷发，球衣上有卡塞尔顿骆驼，我们学校的吉祥物。我们走进体育教研室。他关上门。

"米基，你打得不错。"他说。他声音中带着一丝敬畏。

我不知道该说什么好，就说："谢谢！"

"我的意思是说，这才是第一天。"他清清嗓子。现在，他的声音变得更严肃了。"本周其他时间还会继续进行选拔赛。但可能也有例外。"

我没说什么。我明白了。他也明白。再次声明,我这样说不是狂妄自大,也不是自鸣得意。我之所以这样说,是因为我真的明白。我最讨厌漂亮女孩总是假装不知道自己很美。那是不诚实的表现。那种虚伪的谦逊可能比自夸更令人讨厌。因此,我没说什么。没必要,因为我在球场上的表现已经说明了一切。但是,斯泰豪尔教练知道,这不是例外。

"格雷迪教练还会带校队比赛一小时,他不想让你在这里等他。他也需要考虑一些事情。"然后,斯泰豪尔教练打住话头,不知道怎样继续,"不管怎么说,他问你明天午餐时间是否能去他的办公室。你能去吗?"

我竭力忍住才没笑。"能,教练。"

"那好。回家去休息吧。"

第二十章

但我对休息根本没兴趣。我还很兴奋。

我其实还想打篮球。我知道,这听上去好像是再明显不过的事情,但你越练打得越好。再者,我热爱篮球。

我看看钟。纽瓦克的临时拼凑比赛还在继续。我可以坐下一班公车,半小时后就到城里了。

我给地蒂雷尔·沃特斯发短信。他是纽瓦克韦克瓦契高中高三的学生,住在那附近:比赛还在进行吗?

发完我就意识到,我可能收不到回复,蒂雷尔可能正在打球。但我立刻收到了。

蒂雷尔:在,快来。

我在诺斯菲尔德大道公交站上车。这趟车上坐的都是疲惫不堪的家政人员、保姆和各种佣人。他们总是好奇地看着我这个白人男孩。从树木繁茂的卡塞尔顿郊区,到肮脏的纽瓦克贫民区,开车距离只有七英里。但无论从任何其他方面看,距离都要大得多。

临时拼凑篮球赛在一个有裂缝的沥青球场上举行,篮圈已经生锈。大约一个月前,我开始来这里打球,因为这里的篮球打得最好。你可以说我有偏见,但这和我刚才说的虚假谦逊差不多。如果你想打得更好,保持水平不减,直到选拔赛结束,你就该去这些城里的街区打球。

蒂雷尔看到我向他走去，笑着冲我挥挥手。"我暂停一场，这样我们就能在同一个队。"

"谢谢。"

我可能是唯一不辞辛劳从郊外的富人区来这里打球的人。我第一次露面时，很多人都对我表示怀疑，甚至嘲讽我。但运动的乐趣正在于此。尽管这听上去很老套，但一到球场上，所有怀疑和嘲讽的确都会被抛到一边。我在全世界打过球，大多数时候都在我根本不懂他们语言的国家。不过没关系。你们一到球场上，都会开口说话，至少能理解同样的语言。其他事情都化为乌有。

"出什么事了吗？"蒂雷尔问。

"选拔赛第一天。"

"进展如何？"

"相当好。"

蒂雷尔笑了。"哈，我就知道。韦克瓦契今年要和卡塞尔顿对阵。那场比赛应该很有意思。"

"我期待着。"

场上，有人扣篮得分，他的队获胜。这些临时拼凑比赛总有很多观众。右边，一群流浪汉正在欢呼嬉笑，用啤酒对比赛结果打赌。球场边还有许多教练和家长。他们都靠在栏杆上，仔细观察着孩子们的每一个动作。

临时拼凑篮球赛很简单：胜者留下，败者下场。没人喜欢坐在场外当观众，因此竞争很激烈。蒂雷尔是得分率极高的后卫。他只需一眼，就能看清全场的情况。他传给我两个低球，我们俩快速逼近前场，乘胜投篮。我不记得我们打了多少场，也不记得打了多长时间。但每场球都是一次最美妙的逃避。在那些短暂的时间里，我没想爸爸妈妈，没想蕾切尔，没想任何其他事情。

夜色渐渐降临。有人打开照明灯。我们继续打球。天色已晚,但我一点不在乎。我们刚刚赢得一场比赛后,蒂雷尔又长驱直入,让我们赢得最后一场。我查看电话。米隆伯伯打过三次电话,还发来短信问我在哪里。我估计最好给他回电话。

"你在哪里?"他问。

"纽瓦克的篮球场。"

"今天选拔赛没打尽兴吧?"

这是米隆能完全理解的事情之一。"我只是想再多打一会儿。"我说。

"今天情况如何?"

"很好。"

他显然想听细节,但正如我已经说过的一样,让比赛来说话才是最好的。米隆可能也理解这点。

"我晚些才能回家,"米隆说,"安吉莉卡今晚要拍戏,我需要在那里。你不会有事吧?"

我为什么听到他不回家就感到如此欣慰呢?

"我没事,别担心。"

然后我们说保持联系,挂断电话。蒂雷尔和我召集起足够多的球员,又打了一场。但今晚到此结束。大家互相道别,慢慢散开,直到球场上只剩下蒂雷尔和我。我们俩投了一会儿球,又玩了一阵,笑得很是开心。我们还玩了一局 HORSE 游戏,我赢了他一个字母,他立即要求再玩一局。我们切磋射击技巧。然后,这是运动的另一种魅力,我们真的开始讨论起射击问题来。

"我朋友遭枪击,"我告诉他说,"她妈妈被杀了。"

蒂雷尔打住话头。"真的?"

"是的。"

他想听细节。我给他讲了蕾切尔、伊玛和勺子,选拔赛前特洛伊那番讲话,还有B计划夜总会发生的一切。

我讲完之后,蒂雷尔摇摇头说:"天啦,你真会找麻烦。"

"我喜欢认为是麻烦来找我。"

"我还认为学校里每位女生都想要我呢,"蒂雷尔说,"我也不是自找的。不过,我老爸给我说过,夜总会发生的那些事都与你有关。他也不知道是什么原因。"

我应该猜到这点的。蒂雷尔的爸爸是埃塞克斯县调查官。

"实际上,和你面谈的本来有可能是我爸爸,不过他在忙你家乡那桩重大贩毒案。"

说曹操,曹操到。我们听到一个声音说:"很高兴再次看到你们打篮球。"

蒂雷尔的爸爸笑着走过来。他没穿外套,所以我能看到他挂在腰带上的徽章和枪。沃特斯先生拥抱儿子。即使蒂雷尔有点尴尬,他也没表现出来。他也拥抱爸爸。我心里涌起一丝妒意。

沃特斯先生转向我。"你好,米基。"

"你好,沃特斯先生。"

"一切都好吧?"

上次我来这里打球后,沃特斯先生开车送我回家。他看到过光头跟踪我,担心我的安全。我们到达米隆伯伯的房子时,他给我一张名片,让我遇到麻烦时给他打电话。

"很好。"

他继续看着我。我这才意识到,他是县调查官,也许与邓利维调查官在一个部门工作。我不确定他是否知道,关于考德威尔家发生的枪击案,我接受过问讯。

"我带你们出去吃点快餐,然后我送米基回家,如何?"

"谢谢你的好意,"我说,"但我可以坐公车。"

"不麻烦。我正好要去卡塞尔顿办案。有人做伴正好。"

上次他也这么说,但他却有别的动机。当然,那个动机就是他替我担心。

"天不早了,我的肚子也饿了,"沃特斯先生说,"你们觉得怎么样?"

蒂雷尔转向我。"走吧。你总要吃饭的,对吗?"

这种逻辑让我无法辩驳。我们向霍比熟食店走去,在角落里坐下。三个人都点了三层三明治,差不多和棒球捕手的手套一样大小。那是我吃过最美味的三明治。如果用10分来衡量,这个可以得10分,我以前吃过的最好吃的三明治只能得3分。

"警察总知道哪些地方的东西最好吃。"沃特斯先生解释说。

他问我们那天过得是否愉快,学习怎样,篮球比赛如何。我们回答时,他听得很认真,而且我能看出他很享受这个时刻。我也很享受,但那种淡淡的妒意一直没有消失。他把蒂雷尔送到帕帕纳大道那座两家人合住的房子前。蒂雷尔下车前在他爸爸脸颊上亲了一下。又一阵妒意从我心头掠过。

蒂雷尔和我碰碰拳头,说:"踢烂特洛伊的臭屁股。"

"我会的。"

沃特斯先生等着,直到蒂雷尔走进家门后才重新开车。一时间,我们俩都没说话。然后,沃特斯先生打破沉默。"我听说你接受了我的同事邓利维的问讯。"

正如我怀疑的那样。"是的,先生。"

但听到她的名字,我想起了别的事情——蕾切尔的病房,我躲在床下,泰勒警长的声音……

一名叫安妮·邓利维的重案组调查员会来和你面谈。但在我们再次对话之前，不要对她说什么，好吗?

这话什么意思?

"没什么事吧，米基?"

"没有。我是蕾切尔·考德威尔的朋友，就这么简单。"

"明白了。"

"枪击发生前，我们俩通过电话。"我说。

沃特斯先生点点头。他的两只手握住方向盘，眼睛盯着前方。"真可怕。她妈妈的遭遇最惨，就那样被打死了。"

我没说什么。

"你认识她吗?"他问。

"蕾切尔的妈妈?"

"是的。"

"不，我们从没见过面。"

"蕾切尔情况如何?"他问。

我在座位上动了动。我不想告诉他我曾溜进医院。但我也不想撒谎。"她好像好些了。"

"那就好。亨利呢?"

"谁?"

"亨利·考德威尔。她爸爸。"前头是红灯，我们慢慢停下。沃特斯先生转头看着我的眼睛。"他怎么样?"

"我不认识考德威尔先生。"

"不认识?"沃特斯先生耸起一道眉毛，"我还以为，你和蕾切尔是那么要好的朋友，你总该认识她的一位家长。"

"都没见过，"我轻声说，"而且我和蕾切尔也不是很熟悉。"

"但枪击发生前，你们还在通电话。"

这听上去不大像随意交谈了。"我们是历史课搭档。"我说。

他等着。看到我没继续说下去，沃特斯先生说："你们俩都参与了B计划夜总会的那场骚乱。"

"是的。"我说。

我们到达米隆伯伯房前后，沃特斯先生关闭引擎。"米基？"

"嗯？"

"你真的没有什么要告诉我的吗？"

"我不知道你指什么。"

"不知道？首先，有个奇怪的光头男人开着一辆黑车跟踪你。然后，你卷入一家成人夜总会的特大骚乱。现在，嗯，你家乡又出了这桩枪击案。"

我喜欢沃特斯先生。真的喜欢。我还认为他非常担心我的安危。但我不知道该说什么，甚至不知道从何说起。过去的一个星期里，发生了太多事情。但蝙蝠女人已经警告我不能告诉任何人。即使我违背她，我又能说什么呢？

"米基？"

"我真的不知道别的什么了。"我说。

他揉揉脸颊。"你还带着我的名片吗？"

"是的。"

"把我的号码设置成一键拨号。我感觉你会需要它。"

第二十一章

我没有家庭作业，所以上网搜索汉斯·蔡德纳和屠夫罗兹的图像。许多可怕的罗兹犹太人聚居区照片出现在显示屏上。都是黑白的。我不得不说，它们看上去像噩梦中的场景。但是，就算我最恐怖的梦境，也无法与这些相比。许多照片上都是被吓呆或者饿得快死的孩子的特写。我想到了莉齐·索贝克。不知道她在那个聚居区的生活是什么样的。

只有一张照片上的人可能是屠夫罗兹。

我想，那是我看过的最可怕的照片。1941年11月摄于罗兹巴鲁迪市场。就在那一天里，18名犹太人因逃跑未遂被吊死。在这张照片里，你能看到三个人脖子上套着绳子，吊在一个儿童秋千架下。背景中，你能看到表情沉重的人群——甚至有孩子。纳粹强迫他们看着这一切，以示警告。一个身穿党卫军服的男人站在尸体旁边，背对照相机。

我突然感觉呼吸困难。

我关上电脑。原来是这样。没有屠夫的面部照片。

但蝙蝠女人是怎样得到的呢？

总是要回到她身上，不是吗？我第一次见到蝙蝠女人后，她就让我走上了这条路。她打开那道门，披着长长的灰白头，穿着白袍走出来，用那根瘦骨嶙峋的手指指着我……

米基？你父亲没死。他活得很好……

我现在还想起了别的事情。但今天早上见到伊玛时,我觉得她看上去有点不一样。我不知道究竟哪里不同,但现在……

我一把抓起电话,给伊玛发短信。我只输入了"你在吗"三个字。我也不知道为什么要这样,也许是为了预防他家有别人,会查看她的短信。如果短信中问起更私密的问题,那人也许会生气。

伊玛立即回复道:什么事?

我:去蝙蝠女人的房子。想来吗?

伊玛:不能。

奇怪。伊玛通常随时都能出来。

我:一切都好吧?

伊玛:好。明天下午放学后去。

我正要告诉她蕾切尔明天出院,又想起蕾切尔的话:别告诉任何人我给你发过短信。任何人都不能。

也包括伊玛吗?我不知道。但"任何人都不能"这几个字好像已经说得很清楚。

我回复伊玛:不能。

我想问她我注意到的事情,问她的外表究竟有何不同。但我又想亲自查证。这事可以等。

我又想到勺子听到的传言,补充道:你好吗?

伊玛:很好。你呢?

我:很好。

片刻停顿,然后伊玛回复道:这样互发短信真酷。

我大笑起来。

伊玛:你今晚要自己去蝙蝠女人家吗?

我想了想,但没想多久。我不能就这样坐在这里。我必须行动:是的。

片刻停顿后,伊玛回复道:小心。我有一种不祥的预感。

第二十二章

没人知道蝙蝠女人什么时候搬到镇上的。

我相信有住房档案,有人可以据此推算出时间。但是,如果你问卡塞尔顿的任何人,他们都会告诉你说,她一直就住在那座阴暗破败的房子里。甚至米隆伯伯从儿时开始,就知道令人毛骨悚然的老蝙蝠女人。他告诉我说,甚至在他小时候,孩子们从她家门口经过时,也会加快脚步。他还说,在我爸爸十二三岁的某一天,在同学们的怂恿下,我爸爸曾经走进蝙蝠女人的房子……

……我爸爸出来后,完全变了一个人。

我相信这点。我自己也进过那座房子。我还见过蝙蝠女人。现在,我也不知道自己还能不能再和过去一样。

我知道,那些让孩子们对蝙蝠女人心怀恐惧的传言,根本不真实。传言说,她绑架孩子。当地人还说,如果你有时夜里从她家旁边缓慢走过,甚至可以真切地听到孩子们的喊叫声。有人甚至声称,他们看到过上百个孩子被锁在她房子里,等着被……嗯,该怎么说呢?被杀害,凌辱,吃掉……

或者,也许,仅仅是也许,他们是在被救助。

我走到蝙蝠女人房子外面时,天色漆黑,风声呼号。只要踏上她家的地盘,风好像总是会呼啸起来。我相信这一定是我的想象(也是每一位从这里经过的人的想象),但那棵杨柳的确在摇摆。甚至我还站在人行道上时,也能听到门廊在吱嘎作响。

除了楼上卧室的一盏灯外,所有的灯都没开。这是一个好兆头。上次我从这里经过时曾去敲门,但没人开门,楼上的灯也没亮。

蝙蝠女人一定回来了。

我向房子走去时,四周静悄悄的,几乎可以说太安静了。我敲门。回声在静谧的夜里极其响亮。我感到一股寒意。我侧耳听了一会儿。什么也没听到。我又敲,还把耳朵贴在门上。没有声息。然后,突然间,寂静被打破。

是被音乐声打破的。

我惊得跳起来,想起她起居室里那台旧唱机,就是放乙烯基唱片的那台。很难想象一位奇怪的老太太正在听那些唱片的情景:谁人乐队的《我这一代》,海滩男孩乐队的《宠物之声》,甲壳虫乐队的《走过艾比路》。此刻正在放的唱片,好像也是她总在放的,是马力乐队的《守望的模样》。

我又敲了一下门。"开门。"

仍然没人来开门。我只听到加布丽埃尔·怀尔的声音。他是马力乐队的主唱,正用歌声告诉我"时光是停止的"。

天啦,的确如此。

我用力捶打房门。没有回应。我不知道该怎么办。我不能继续这样捶打下去——我一点也不希望引起别人的注意——但我也不能就这样离开。

我试着从窗户往里看,但正面的窗户都被钉上了木板。不过,我还是能从一道窄缝中看到起居室,看到唱机所在的地方。里面很暗。我盯着那里看了一会儿。

然后,一个身影迈步走开。

"喂!开门!"

我回到门前，再次敲门。我很想把门推倒，但接着想到了那个车库。我上次进这座房子时——光头带我去见蝙蝠女人，和她面谈——他先把车停在车库里，然后带我从一条地道进屋。

也许我可以从那条路进去。

我向房后走去。蝙蝠女人的房子紧靠着树林。我不是说树林离她家后院还有一段距离，我的意思是这房子和树木紧贴在一起，仿佛房子本身就是森林的一部分。我飞快地推了一下后门，但那把新锁纹丝不动。

我从衣袋里拿出小电筒。这后面特别令人毛骨悚然。我钻过一片密林，来到车库前。我知道里面有道暗门通往地道。但车库门锁着。现在怎么办？

我说不出是什么原因，但我径直向车库后面那个葱翠的花园走去。有什么东西，我不知道是什么，正吸引着我。伊玛和我上次夜访这里时发现了这个花园。我不知道，在一年的这个时节，蝙蝠女人是怎样让这些植物如此鲜活的，但那不是我想关心的问题。花园中间有一条小径。我知道小径尽头有什么。

我举起电筒。亮光照着花园那头的墓碑。我读着那些我现在已经很熟悉的文字：

让我们劳动，让心胸更宽广，
我们变老时，
像参天的橡树提供更多的庇护。
这里长眠着E.S.
为孩子失去的童年
A30432

我曾以为E.S.是伊丽莎白·莉齐·索贝克的首字母简写,但现在我才意识到,这也可能代表她哥哥伊曼纽尔,或者她妈妈埃丝特。但他们半个多世纪前就死在波兰,怎么可能"长眠"在这里呢?

但这不是关键问题。

不,弗莱德曼老师,莉齐·索贝克没有被屠夫罗兹杀害。莉齐·索贝克在二战中幸存下来了,曾在某个时候是嬉皮士,现在是镇上人人都知道的蝙蝠女人,也就是住在这座令人毛骨悚然的旧房子里的令人毛骨悚然的老太太。

我不知道,如果弗莱德曼老师知道莉齐"蝴蝶"·索贝克,传说中在奥斯维辛失去家人的抵抗纳粹战士,就住在离卡塞尔顿高中不到四分之一英里远的地方,她会有何举动。

我向墓碑走去。背景中,一首马力乐队的歌声渐渐消失,另一首响起。我也知道墓碑后面是什么——翅膀上有动物眼睛的阿贝欧纳蝴蝶。上次来这里时我看到过。但既然有什么东西把我吸引到这里,我必须看个究竟。

我的脚步声在黑夜中回响。我举起电筒,向墓碑照去,接着倒吸一口凉气。蝴蝶还在那里,但已经被人划掉。有人用喷漆在上面喷了一个巨大的X。

我旋即转身看着房子。这次,我清楚地听到了嘲讽的笑声。

那笑声像一股寒气,顺着我的脊柱向下蔓延,让我从头凉到脚。

回家,米基,我在心里告诉自己。

如果有危险,你能感觉到。危险有自己的特性。你几乎伸出手,就可以触摸到它。我知道我应该离开,应该仔细想想这件事。但我哪里都不会去,不是因为我特别勇敢,也不是说我有勇无谋,更不是因为我和恐怖电影中那些擅闯系列杀手住处的少年一样愚笨。

我只是不想让困扰我许久的东西再次与我擦肩而过,不管它是什么。如果它将我打败,好吧,我可以接受,无论死活。但我需要得到答案,我不想让那个可能给我答案的人再次从我手中溜走。

我向后门跑去,用力敲门。愚蠢。之前没人来应门。我怎么就以为现在会有所不同呢?

我用手罩住眼睛,从后面的窗户向厨房里看去。很暗。但我接着看到一个身影从厨房远端走过。有人已经偷偷溜过去,正往楼上走。

为什么?

我设想蝙蝠女人像那个身影一样急速移动的样子,但无法想象出来。

房子里有其他人。有人在墓碑上喷了那个 X。有人把唱机打开,还嘲笑了我。

我又跑到前门,抬头望向蝙蝠女人亮着灯的卧室窗户。我歪着头,试图从某个角度看到点什么,也许是一个身影,也许是一个侧面,什么都行。但就在我仰头看着那里时,有人把灯关掉了。

整座房子完全陷入黑暗之中。

噢,不要呀。

我不知如何是好。我很想把门踢开,但然后怎么办?这也许不能说明任何问题,也许这里来了访客,也可能是蝙蝠女人自己熄灯就寝。不过,我的心跳得咚咚响。我必须做点什么。

我正准备采取下一步行动,窗里那盏灯又亮了。我退回草地上,想好好看清楚。我把手罩在嘴边,做成麦克风的样子,大声喊道:"喂?"我不知道该怎样称呼她。她的身份是保密的,所以我不能大声喊"索贝克小姐"。我觉得喊"蝙蝠女人"也不妥。

"喂?你能听见我吗?"

没有回应。

"我是米基。喂?你能把门打开吗?拜托开一下吧。"

我看到窗里有什么东西在动。一只手把那张薄得像纱一样的窗帘拉到一边。然后，一张脸露出来。

这次，我大声尖叫起来。

从楼上的窗户低头盯着我的，正是屠夫罗兹。

第二十三章

我惊得无法呼吸。

这次我对此毫无疑问了：这就是那张旧照片上的人——而且他一天都没老。

一时间，我的大脑完全停住运转。我不知道这怎么可能，不知道自己是否在做梦。我没想到要去抓他，或者做点其他什么事情。我只是目瞪口呆地站在那里，抬头看着那双眼珠有黄边的绿眼睛。我爸爸去世那天，我看到的就是这双眼睛。

当那张脸从窗边消失时，我的大脑才重新开启。有那么一瞬，就那么短暂的一刻，我凝望着那堵窗户，不知道是否风在和我开玩笑，让我看走了眼。

不可能。

我跑回门外。这次，我毫不迟疑地侧过身，放低肩膀，向门上撞去。门没有被撞碎，但木头裂开了。我吃力地从破门板中钻进去，站在门厅里。起居室在我左边。唱机还在转动。我看到壁炉上仍然摆放着那张旧照片，照片上的嬉皮士身穿胸口有蝴蝶图案的T恤。

我听到上方有声音。

他还在楼上。

好吧，现在怎么办？

我可以就在这里等，对吗？他必须从这些楼梯上下来。我可以站在这里等着他，要求他给我答案。

这真的行得通吗？

我不知道，但一个想法突然间冒了出来。我需要帮助，而且一个人立即出现在个脑子里：米隆伯伯。

这让我颇为吃惊。但话又说回来，还有别人能帮我吗？伊玛和勺子不可能真的到这里来帮我。如果我给沃特斯先生打电话，可我又刚刚擅闯私宅，那我会被逮捕的。

另一个声音从楼上传来。

我急忙拿出电话，按下米隆的号码。铃响两声后，他接起电话："米基？"

我压低声音说："我在蝙蝠女人房子里。"

"你说什么？怎么回事？"

"现在没法解释。请到这里来。我需要帮助。"

我以为他会问更多的问题。但他没有。相反，米隆说："十五分钟后到。"

我挂断电话。

现在怎么办？

等。站在楼梯边等着。或者米隆及时赶到，我们一起上楼；或者屠夫自己下来。

但万一蝙蝠女人在上面呢？万一他袭击了她，或者更糟呢？

万一此时此刻，他正在勒死她，或者以其他方式伤害她呢？我就这样站在这下面，任其发生？

我盯着那节旧楼梯。看上去它甚至不能承受住我的体重。就在我还在犹豫该怎么办时，一个声音让我下定了决心。

我听到楼上吱呀一声，一堵窗户打开了。

屠夫想偷偷溜走？

哼，没门。我已经把这家伙困在楼上，不可能让他逃走。

我跑上楼梯。理智告诉我，我应该放慢脚步，多加小心，不要低估对手。的确如此，因为我年纪不大。可是，我在世界各地接受过格斗训练。

那根据我接受过的训练，我现在该怎么做？

但我马上就明白，这已经不重要，因为我走进楼上的走道时，看到的一切让我立即愣在那里，仿佛我的脚突然被钉在地板上。

这究竟是……

我不知道自己曾经期待看到什么。我猜我可能会以为楼上会像楼下一样——阴暗、肮脏，也许会有一些旧墙纸，墙上还有古旧的壁式烛台。但眼前的情景完全不是这样。

我看到了照片。数百张照片。不，是数千张。成千上万张照片。

走廊已经完全被孩子和少年的照片占据。到处都是，每一个可以利用的空间上都被贴上了照片，不仅两边的墙面从底到顶被贴满，甚至头顶的天花板上也贴满了。

我伸手触摸照片。照片上贴着照片，一层又一层，我说不出有多厚。照片大小各异。有些是黑白的，有些是彩色的，有些已经褪色，有些还很鲜艳。照片上的孩子有些在微笑，有些表情严肃。每个种族、宗教、民族的孩子都有。甚至还有不同历史时期的孩子。

走廊里好像有风在吹。两道卧室门都开着，也许这就是原因。几张照片开始剥落，掉落到我脚边。一张照片上是个小男孩，最多只有八九岁，头发卷曲，眼神忧伤。不知怎么回事，我觉得这男孩看上去有点面熟。

他脸上有种神态……

另一张照片轻轻落在这张照片边上。然后是另外一张。我低下头，看着脚边的一张照片，差点失声惊叫起来。

那是阿什莉的学生照。她是我的前女友。我们在 B 计划夜总会解救的人就是她。

我低头凝视着她美丽的脸庞，出了一会儿神。

走道那头的一个声音把我从恍惚中唤醒。现在没时间去想这些照片。至少现在不能，因为走道那端，这些照片的尽头，就是通往蝙蝠女人卧室的房门。

他——屠夫罗兹，急救员，还是别的什么人——就在那道门里。

我向那里走去。照片继续从墙上和天花板上落下来，仿佛正在被剥落。有几张落在我脸上。我抬起手，遮住脸，走到门口，想着该怎样进去。然后，我径直推开房门。

屋子是空的。

现在风已经没再继续吹，因为有人把窗户关上了。那个人或者还在这间屋子里，或者已经从窗口出去。

我疾步走过去，并随手关上房门。如果他已经跳窗，他也不可能走远。暂时没走远。他一定还在院子里。我向窗外看去。

什么也没有。

我浑身冰凉。窗外什么都没有。这意味着他还在屋子里。我慢慢转过身，从窗边走开。

屋子里贴着墙纸，或者本身就是黄色的，或者已经年代久远，我分辨不出来。床头柜上有两张照片。一张是我之前见到过的棕褐色旧照片——二战初期索贝克一家的家庭照。塞缪尔、埃丝特、伊曼纽尔和小莉齐。另一张照片是褪色的彩照。照片上的人是蝙蝠女人，看上去五十多岁，也可能六十多岁，站在一棵树旁。和她站在一起的，正是那个眼神忧伤、头发卷曲的男孩，我刚刚在走道上还看到过他的照片。

我一动不动，屏息静气，捕捉房间里的任何声音。

屠夫藏在哪里？

我就站在床边。一时间，我纳闷他会不会藏在床下。我低头看着自己的脚，正觉得这个藏身地太明显时，两只手突然从床下伸出来，紧紧拽住我脚踝，用力拉起来。

我尖叫一声，失去平衡。我的手肘咚地碰到床头柜，打翻台灯。屋子里顿时一片黑暗。我重重倒在木头地板上。

那双手继续拉，把我往床下拽。

惊慌失措中，我用力踢打，希望钩住什么东西，或者将脚踝挣脱出来。但他死死拉住不放。我什么也看不见，只感觉到自己正慢慢被拉进去。

我的四分之三身体已经在床下。

他究竟想干什么？

我不知道，也不在乎。我只想挣脱。我又踢又蹬，放声尖叫。最后，一只脚踝终于挣脱他的魔爪，然后是另一只。我疾步从地板上跑过，跑进屋子那端的角落里，蜷缩下来，膝盖顶着胸口，等着。

我不知道下一步该如何行动。我的眼睛还没开始适应台灯打碎后屋里的黑暗。我用双手抱着头顶，做出保护姿势。我的对手还在屋子里，但我不知道他在哪里。我必须有所准备。我竭力保持不动，侧耳倾听。但现在我自己的呼吸声太大了。

然后，我听到卧室门飞快打开又关上。

我站起身，向门口跑去，摸到门把手，转动它……

门把手没动。

我更加用力地扭动起来，但门把手纹丝不动。我从门后听到一个声音，有点像东西卷曲的声音。我嗅嗅鼻子，闻到一种气味，惊得瞪大眼睛。我侧过身，再次用上肩膀。没用。我退后一步，再次猛撞房门。

门开了。我跌跌撞撞地扑倒在满是照片的走廊中间。

照片正在燃烧。

火势变大，火焰迅速顺着墙壁蹿上天花板，相纸像煤油一样起到了助燃作用。照片卷曲、剥落，变黑。走道上烟雾滚滚。火焰飞快向我逼近，封住了我重新进入卧室的路。我屈起胳膊，遮住嘴巴，摸索着出去的路。

我已经被一道道火焰包围。

我想起四年级时一次安全防火讲座上传授的小窍门：放低身子，匍匐前进。我照做，但我不知道有多大作用。到处都是火焰。炙热令人难以忍受。浓烟已经开始让我窒息。回卧室的路已经被火焰吞没，通往楼梯口的道路也被淹没在火海中。

火焰越来越近。我看到右边有个缺口。

是一道门。

我滚进门里。我猜那是一间空余的卧室。我看不见多少东西。我仍旧匍匐着，烟也很浓。但我能看出，这间屋子与这座房子里的其他地方都不一样，墙被涂成了鲜艳的红、黄、蓝色。浓烟让我直流泪。我竭力屏住呼吸，又往前爬了几步。我的手碰到了一个东西……好像软软的？还有弹性？我听到"吱"的一声，低头看去。

是只橡皮鸭子。地板上到处都是玩具。

我没时间去疑惑。火苗已经蹿进这个房间，仿佛对我紧追不舍。我翻转身，蹬动双脚往后退。火焰饥渴地舔着我的双脚。我的背碰到一堵墙。

我被困住了。

转眼之间，火焰就会将我完全吞没。我真希望能告诉你们，在那个时候，在死神将我包围之时，我在想些什么。但我觉得我的一生没在我眼前快速闪现，我甚至没去想妈妈在康复中心，或者爸爸出车祸的情景。我什么都没想。恐惧——纯粹的恐惧——将所有思想都我从脑海中赶跑了。只剩一个念头。

我必须找到从哪里出去的路。

我吃力地睁开流泪的双眼。火焰更近了。我抬头看去。透过越来越浓密的烟雾，我看到了一堵窗。

我在哪里读到过，进行某些特定的计算时，没有任何一台电脑的速度比得过人脑。因此，接下来发生的事情也许只用了十分之一秒，也可能更少。我脑子里立即闪现出蝙蝠女人房子的正面——你也可以说是街景，我的大脑还飞快地想出了二楼窗户的位置。我清楚地意识到我当时在什么地方，离地面多高。如果我从那堵窗户出去，将在大门上方的门廊顶上落脚。

眼看火焰就要将我吞噬。我向窗户跳去，将窗板往上推。

但它一动不动。

我能看出窗户上没有锁。它是被卡住了。

没时间思考或者尝试其他办法。我用力将背靠向玻璃。我听到窗户破了，顺势向外倒去。氧气让火势更加凶猛。火焰跟着我从窗户蹿出，在我上方肆虐。但我紧贴在屋顶上。

屋顶是斜的，我开始往下滑。当我的双手摸到屋檐时，我任由重力将自己往下拉去。下落过程中，我扭转身体，让双脚朝下。我重重落在前院里，就地一滚，站起来，回头看着那座房子。

它已经完全被火焰吞噬。

我听到远处有警笛声。我不知道能在这里做些什么。我转向左边，什么也没看见。我又转向右边，看到屠夫就在那里，正仰望着火焰。

一时间，我就那么看着他，无法移动脚步。从身体上讲，我安然无恙。可能有一道擦伤，或者轻度烧伤，但我知道我会好的。也许我呼吸困难。也许我惊愕不已。我愣愣地站在那里。那个将我爸爸带走，刚刚还想害死我的人离我不到五十英尺远，我却无法动弹。

警笛声再次响起。屠夫转身就跑。

这个举动猛地将我从混沌中打醒。我又想：哼，没门。不能让他从我手中逃走。屠夫可能跑得快，但我比他更快，而且我志在必得。他不可能跑掉。

我以为屠夫会往树林里跑。但相反，他向邻居的后院跑去。我毫不迟疑。再不犹豫。我用尽全力疾步向他追去。我们跑过一个后院，又一个后院，再一个。

我很快就要追上他了。

突然，我听到身后有声音。有人吼道："站住！"我没停。我猜，如果屠夫站住，我可能会站住。但他跳过一道树篱。我也跟着跳过去。

当他最终拐进树林时，我们之间只有十英尺的距离。这对他非常不利。我追来了。我要抓住他，将他拿下，还要……

但我忽然倒地。

有人袭击我，骑跨到我身上。

"不许动！警察！"

我抬起头，看到的是泰勒警长的脸。

"不许动！"他喊道。

"放开我！我必须去追他！"

但泰勒警长根本不听我的。"我说了'不许动。'乖乖给我躺着，把双手放到脑后。"

"他跑了！"

"把手放到脑后！"

泰勒开始将我翻过来，准备让我面朝下。我任由他动作，顺势侧起身，推开他，一跃而起。

"我们不能让他跑了!"我喊着转向树林。

但现在另一名警察已经赶到。接着是另一名。一人向我腿上踢来,另一人在我身上猛击一掌。我倒回地上。泰勒站在我上方,气得脸色通红。他弯起腿,好像准备踢我。接着,我听到另一个声音喊道:"离他远点,埃迪!"

是米隆伯伯。

泰勒向声音传来的地方看去。我想站起来,想继续去追屠夫。我现在没时间解释,真的没有。我可以稍后再做解释。但我知道他们会跟着我。事实上,我已经摆脱了泰勒的控制。但是,当我再次向树林看去时,没有看到一个人影,也没听到一点声音。我迟疑起来,四处寻找他,警察们趁机再次将我抓住。

再挣扎已经没有意义。

四周重新安静下来。蝙蝠女人的房子已经被烧毁。屠夫再次消失。

第二十四章

我向每一个人描述那个沙色头发的家伙。但他们都不听。埃迪·泰勒警长的脸仍旧涨得通红。他拿出手铐。

"你被捕了,"他对我说,"转过身,把手放到背后。"

他伸手来拉我的手臂,但米隆伯伯站到我们之间。"罪名是什么?"

"你不是在开玩笑吧?首先是纵火罪,你觉得如何?"

"你看到这火是他放的吗?"

"没有,"泰勒说,"但他正在跑开。"

"也许是因为,嗯,我也说不准,大火可能把他烧死?"米隆大声吼道,"你想让他干什么?把火扑灭?"

泰勒的手握成拳头。"哎,博利塔,其他罪名如何——拒捕,袭击警察——"

"你在黑暗中把他扑倒,"米隆说,"而他只是翻身摆脱你。他从没打过你。如果你为你被少年打败感到难堪……"

泰勒警长的脸更红了。噢,情况不妙。

"博利塔,我要把他带走。让开。"

"你要带他去哪里?"

"先到警局初步立案,然后去纽瓦克办理出庭保释手续。"

"保释?这是不是有点夸张了,埃迪?"

"他可能逃跑。"

"你说破了天,他也只是个孩子。"米隆把手放在我肩膀上,"米基,什么也别说,听到了吗?"他又转向泰勒。"我会跟着你的车。作为他的律师,我不允许你审问他。"

泰勒拿出手铐。"把手背到身后。"

"你当真要铐他,埃迪?"米隆说。

"这是程序,"泰勒回答,"除非你觉得你侄子还需要特别对待。"

"没事。"我说着把手背到身后。泰勒警长给我戴上手铐。他的一个人把我带上警车后座,在我身边坐下。泰勒警长坐到前座上。

我看着那座还在燃烧的房子。我想到了那些照片——阿什莉的,那个眼神忧伤头发卷曲的男孩的。我想到我在那里看到和听到过的一切,不知道那究竟意味着什么。我猜,那座房子是阿贝欧纳庇护会的总部。现在,它消失了,被一个人烧毁了……

是谁?是屠夫罗兹吗?一个年届九旬却看上去三十多岁的男人?这说得通吗?

最重要的是那个一直困扰着我的问题:他究竟对我爸爸做了什么?

"简直无法相信。"泰勒说。

我向后视镜里看去,与泰勒警长的目光相遇。我想问他在说什么,但又想起米隆让我保持沉默。

我身边的警察帮我解了围:"你不相信什么?"

"博利塔。这孩子的伯伯。"

"他怎么啦?"

"他开着一辆加长豪华车跟在我们后面。"

我的手被铐住了,很难转身向后看。但我仍旧吃力地侧过身。泰勒警长说得没错。我们后面的确跟着一辆很大的黑色豪华轿车。

"米基,"泰勒警长说,"这是你第二次在那座旧房子附近被捕。你想告诉我这是为什么吗?"

"不想，警官。"

"也许你喜欢老太太。"泰勒警长说。从他嘲讽的语气中，我听出了他儿子的回声——伊玛，哞哞哞！"是这样吗？你喜欢老婆婆还是什么？"

我没有上当。甚至我身边的警察，也为他这种蹩脚的方式直皱眉头。

卡塞尔顿警察局就在卡塞尔顿高中对面。一个小时前，我还在几码远外的体育馆里作为篮球新秀崭露头角。现在，我却正被警察带进这里。生活真的是一连串细线连接起来的。

泰勒从他座位上出来，随手关上车门。片刻之后，坐在我旁边的警察把我扶下车。那辆豪华轿车就停在我们后面。后门打开，米隆走出来。

"博利塔，你有辆豪车？"泰勒警长说。他用手抚摸着加长车的车顶，"你一定真的以为自己很特别吧？"

"这不是我的。"

"不是？那是谁的？"

"其实"——这时我看到米隆脸上露出一丝不易察觉的笑容——"这是安吉莉卡·怀亚特的车。"

听到这话，泰勒嘲讽地说："是吗？那我就是乔治·克鲁尼。"

墨色玻璃后窗滑下。当安吉莉卡·怀亚特把她那张绝美的脸从窗口伸出来，笑着说"你是这镇上的警长吗？很高兴认识你"时，我差点以为泰勒会心脏骤停死亡。

"呃，怀亚特小姐……噢，真的是你吗？我们都是你的大影迷，对吗，伙计们？"

现在已经有五名警察围到车前。他们都像木偶一样点着头。安吉莉卡·怀亚特又向他们绽放出一个笑容，还说了些别的什么。我没听到。但有些警察咯咯笑起来。我捕捉到米隆伯伯的目光。他翻了个白眼。

安吉莉卡·怀亚特又说那些男人穿警服很英俊。我看到泰勒警长按按头发，挺起胸脯。真的吗？我们男人都这么容易被征服？然后，我想到了蕾切尔·考德威尔。我们第一次认识时，她对我的影响不是和这一样吗？我也是被迷倒了吗？

我敢打赌，伊玛对此一定有着尖锐、有趣、真实的见解。

米隆和我站在一边。我的双手仍然被铐在身后。安吉莉卡·怀亚特继续和泰勒警长交谈。他继续吃吃笑着，像个小女生。

"这是怎么回事？"我问米隆。

那丝不易察觉的微笑又出现在他脸上。"等着瞧吧。"

三分钟后，泰勒警长走过来，打开我的手铐。然后，他转向米隆。"你是他的法定监护人吗？"

"是的。"

他不是。真的不是。这是我们约定内容的一部分。我和他住在一起，但我的法定监护人仍旧是妈妈。不过，妈妈正在康复中心，他就是和我关系最密切的人了。

"你必须进来签署一些资料，保证我们需要他的时候，他会出现之类的。"

米隆和我竭力忍住，才没有问他纽瓦克的保释听证会怎么办。我们已经知道答案：安吉莉卡·怀亚特解决了一切问题。

"到车里去等着。"米隆对我说。

一名全身车夫打扮，甚至戴着车夫帽的车夫替我打开车门。我钻进轿车，在安吉莉卡·怀亚特身边坐下。我感觉怪怪的，她一定也觉得怪怪的。她是当红影星。我坐在她面前的感觉，嗯，就是坐在大明星面前的感觉，骄傲、自大、不真实。这不是她的错。我觉得也不是我的错。可那种感觉就是怪怪的。我不知道她每天是怎样处理这种感觉的。它能给你极大的力量——瞧瞧它是怎样解救我的——但这一定也是一种奇怪的负担。

"你没事吧?"她问我。

"没事,夫人。谢谢你的帮助。"

我从没坐过加长豪华轿车的后座。座位都是真皮的。有一台小电视和许多水晶玻璃杯。

"怎么回事?你怎么会在那座房子里?"

我不想说谎,但也不想说实话。我其实不熟悉这个女人。"我以为那里失火了,想去救火。"

安吉莉卡·怀亚特面露怀疑。"到房子里去救火?"

"是的。呃,去看看里面是不是有人。"

"你为什么不给消防队打电话?"

我被问住了。

"你为什么要给你伯伯打电话,告诉他你需要帮助?"

"请相信,如果我有其他人可以求助……"我打住话头,希望自己没有说出这番话。

"米基?"

我转身向着她。她看着我,那眼神既令人安慰,又让我觉得很熟悉。真奇怪。我喜欢她的眼睛,不仅仅因为它们是棕色的,很漂亮,还因为它们能让我感觉到温暖。

"我知道这与我无关,但你伯伯在尽力。"

我没说什么。

"他是个好人。你可以信任他。"

"我不想冒犯你,"我说,其实说这句话时你正准备冒犯别人,"但你的确不了解情况。"

"不，米基，我了解。"

我想了想。她告诉过我，当年我妈妈怀上我时，她曾是妈妈的朋友。

"他犯过一个错误，"安吉莉卡·怀亚特对我说，"但你总有一天会明白这点的。生活不像我演的某一部电影。孩子们都以为大人知道所有答案，但大人和孩子之间的唯一区别是，大人知道有些事情很难找到答案。"

"还是那句话，我不想冒犯你，"我说，"但我很久以前就不认为大人知道所有答案了。"

听到这话她差点笑出来。"我们都可能犯错。不，米基，其实我是这个意思：我们都会犯错。我们尽了最大努力，我们非常爱你，但我们也是很脆弱、不完美的家伙。"

安吉莉卡·怀亚特垂下眼帘。她的脸色阴沉下来。一时间，我以为她要哭了。

"怀亚特小姐？"

"我们都会犯错。你伯伯不是唯一犯错的人。"

轿车门打开。米隆伯伯看着我们说："这里一切都好吧？"

现在我知道安吉莉卡·怀亚特为什么是超级演员了。她的脸色顿时灿烂起来，让你根本无法猜出，仅仅几秒钟前，她好像已经完全崩溃。

"当然，"她说着移动身体为米隆腾出空间，"米基和我正在闲聊。"

第二十五章

正如你已经知道的一样，我接受过米隆的一次、二次、三次、四次帮助。但尽管安吉莉卡·怀亚特替他求情，我仍然不信任他。我知道，也许我应该相信他，因为在紧急关头，我的确向他求过助。但蝙蝠女人和光头男人都警告过我，不要向米隆透露任何消息。

不过，有那么一刻，我的心软下来，差点说出些什么。但接着米隆无意中给了我另一个理由，让我再次决定对他保持沉默。

"你爸爸小时候进过那座房子，"米隆提醒我说，"他从没告诉过我他看到了什么。"

说得好——如果我爸爸决定不告诉米隆伯伯，我想，嗯，我也不应该告诉他。

米隆无奈地举起双手，退回娱乐室里。我犹豫不决，不知道该怎么办。但我不能让这事就这么过去，因为事实上，我的确还有求于他。我跟进娱乐室，在长沙发上坐下。几年前，米隆从我祖父母那里买下他童年居住的这座房子。他和我爸爸都是在这里长大的。对，这感觉有点奇怪。两兄弟在这里度过了许多时光，一起看电视。很难想象那副情景，儿时的爸爸和米隆伯伯一起在这个房间里。

我不知道怎样引出话题，因此从我们都熟悉的地方开始。我知道他对这个有兴趣。"今天的选拔赛进展顺利。"我说。

"是吗？"不出我所料，这个话题激起了他的兴趣，"你和二队一起打的?"

我点点头。"但格雷迪教练说他明天想见我。"

米隆眉开眼笑。"你觉得他想让你升级?"

"不知道。"我说,不过我自己都怀疑这点。米隆也不信。

"但你今天打得很好?"

"我想是的。"

"太好了。"

沉默。好吧,热身现在结束。

"我想请你帮个忙,"我说,"我知道这听上去很怪,但我需要你对这事的信任。"

米隆坐直身子,俯身问道:"怎么啦?"

"我想……我想掘出爸爸的遗体。"

我的话犹如一个湿巴掌打在他脸上。"你说什么?"

我立即退缩起来。天啦,我应该考虑得更清楚一些的。"我想把他的遗体搬到这里来,"我撒谎说,"这样他就可以埋在离我们更近的地方。"

米隆直视着我。"就为了这个?"

"是的,当然。"

"还有其他原因吗,米基?"

"没有。"

米隆的语气更加强硬起来。"还有其他原因吗,米基?"

这下怎样收场?"我从没看到过……"我缓慢地说,"我……我需要确认躺在那个棺材中的是他。"

米隆沉默片刻。当他重新开口说话时,他的语气更温柔了。"你的意思是说,你需要得到清楚的结论?"

"是的。"我说。

"我觉得看到他的遗体也无济于事。"

"米隆，你听我说，好吗？只是……只是听。"

米隆等着。

"我需要知道那个棺材里的人是爸爸。"

他满脸迷惑。"你什么意思呀？"

我闭上眼睛。"我请求过你在这件事上信任我。求你了。"

米隆盯着我的脸仔细看了一会儿。我直视着他，目光丝毫没有躲闪。我以为他会问更多的问题。但他却让我大吃一惊。

"好吧，"米隆说，"我明天查询一下法定程序。"

第二十六章

突然间，我意识到自己饥肠辘辘，精疲力竭。米隆伯伯点了足够十二口之家吃的中餐。我默默进餐吃着。但米隆一如既往地提醒我说，那是我爸爸最爱的中餐厅，他特别喜欢虾龙糊。

我吃完之后，想给伊玛打电话，告诉她发生的一切。但已经太晚了，我也很疲倦。明天再说吧。听过勺子说的有关伊玛家庭生活的传言后，我既想出手相助，又怕引起某种不好的后果。

蕾切尔发来一条短信：明天下午放学后的事没问题吧？

我回复：没问题。你好吗？

蕾切尔：很好。就这样吧。明天见。

第二天早上八点半上课铃响时，我已经回到教室。真有趣，学校总是能把每种东西的粗糙边缘抹平。尽管我经历了这么多事情，一回到这座普通砖房里，生活好像就变得正常起来。的确，学校令人乏味，但它也是个港湾。我生活的其他方面可能正飞速向各个方向发展，但在这里，每一件事都出奇地平常，甚至平淡无奇。

午餐时间我通常与伊玛和勺子一起度过。但今天，我要去见格雷迪先生，校篮球队教练。我心里也暗自高兴今天见不到他们。别误会。我可以把我的一切托付给他们两个，会把所有真相都告诉他们。但蕾切尔让我只字不提下午去见她的事。我也不能无视这点，对吗？

简而言之,最佳答案可能也是最怯懦的:回避。

我向格雷迪教练的办公室走去时,经过一个貌似熟悉的地方,突然感觉到一种可笑的渴望。那是阿什莉的储物柜。阿什莉消失之前,可以说是我的女朋友。我猜,是阿贝欧纳庇护会——也就是伊玛、勺子、蕾切尔和我——救了她。我最后一次见到她时,她挥手向我告别后,坐上阿贝欧纳的另一名成员开的厢式车离开了。

现在,短短几天后,阿什莉的所有痕迹已经消失殆尽。她的储物柜已经换上新锁。我猜,另一个孩子已经占据了曾经属于她的空间。阿什莉消失了,仿佛从来没在这里存在过一样。不知道她现在在哪里,不知道她是否一切都好。

我敲响格雷迪教练的房门。

"进来。"

这不是任何学生想来访的办公室,因为格雷迪先生还是学校主管纪律的副校长。如果你被叫到他的办公室,通常会得到放学后留校的惩罚,或者被停学。

格雷迪先生从半月形阅读眼镜上方看着我。"把门关上。"他说。

我照办。他请我坐下。我环视他的办公室。没有家人的照片,以前篮球队的纪念品或者照片,没有任何私人物品。

"嗯,"他半握双手,放到办公桌上,说,"昨天的选拔赛你感觉如何?"

我不知道该如何回答才好。"很有趣。"

"你显然打篮球很长时间了。"

"是的。"

"我知道,你去过很多地方,对吗?"

我点点头。

"在海外待了很长时间,为许多球队效过力。"

"是的。"

"你和同一群人打球的最长时间有多久？"

"两个月。"我说。

他做了个鬼脸，仿佛他早就期待得到那样的答案。

"这是我们回到美国的原因之一，"我说，"我爸爸想让我有这样的经历——安定下来，在同一个地方居住，在真正的高中球队打球。"

"嗯，是不是像我们高中这样的球队？"

我没说什么。

"这些孩子从五年级起就一起打篮球了。他们一起通过了每一级。嗯，现在正是他们发挥特长的时候。明年，他们就各奔东西了。"

没有什么话可以用来接这句话。所以我保持沉默。

"我不久前还向你解释过，我不想让高一和高二的学生在校队打球。我已经在这里执教几十年，从来没有高二生进过校队。而且今年还有五位从去年校队中返回的先发队员……"

他打住话头。谈话好像没有往我期望的方向发展。

"不过话又说回来，你伯伯在这里的时候，我看过他打球。我知道他是个少见的天才。昨天看你打球之后，我觉得你可能也是天才。不过我还不敢肯定。我不会对你先入为主。但教练的工作决定了我必须公平，让每个人都有机会。也许我昨天看到的只是偶然现象，也许昨天的竞争没有那么激烈。无论怎样，我们都能弄清楚的。不过现在，我觉得至少可以让你参加校队的选拔赛。"

我真想擂拳高呼："耶！"但我很好地控制住了感情。"谢谢你，教练。"

"别谢我。你可能赢得资格，也可能失败。"他低头书写起来，"校队选拔赛四点半开始。到时候见。"

我起身向门口走去。

"米基？"

我转过身。

"我知道你已经和高四生发生过冲突。比如特洛伊和巴克。"

"是的，先生。"

"他们是个非常紧密的小团体——特洛伊、巴克、布兰登、埃里克。他们对我这个举动会不满意的。如果你加入校队，你将占据他们一位最亲密朋友的位置。"

我耸耸肩。"我对此也没什么办法。"

"不，米基，你有。为了在球场上成功，我们需要协作。记住这点。做个心胸宽大的人。"

第二十七章

我到餐厅时,欧文斯老师,我最不喜欢的老师(这是说"恨"的友好方式),恶狠狠地看了我一眼,说:"卡?"

我把卡给她。欧文斯老师仔细打量着它,仿佛我是持假护照的恐怖分子。过了好久,她才不情愿地放我进去。我向我通常坐的餐桌走去。勺子和伊玛已经就位,不过他们之间隔着两张椅子。

"你去哪里了?"伊玛问。

"格雷迪先生想见我。"

"你遇到麻烦了?"勺子问。

"没有。恰恰相反。"

我向他们解释有机会参加校队选拔赛时,看到了特洛伊和巴克。他们已经换了桌子,现在只和男生一桌——更准确地说,是和校篮球队的男生一桌。我不知道他们是否已经得知我今天将和他们一起参加选拔赛。我的目光在那张桌子上停留的时间稍微长了一点。

勺子说:"那些是你未来的队友。"

"对。"

"你当然认识特洛伊和巴克。你认识其他人吗?"

"不认识。"

"嗯,特洛伊是队长之一。另一位是布兰登·佛雷。他坐在餐桌一头,是队里个子最高的,六英尺八英寸。"

我在走廊里看到过布兰登·佛雷，在早上的通知中经常听到他的声音。

"他是学生会主席。"勺子说。

"而且，"伊玛补充说，"他还是特洛伊·泰勒最好的朋友。他们从小就住在同一条街上，穿开裆裤时就一起玩了。对他们来说，那好像就是去年的事。"

不简单。

我望着那张餐桌时，布兰登·佛雷碰巧转过头，我们的目光相遇。我以为会得到标准的怒视。但布兰登没有那样做。他确定我正看着他后，微微向我点头，带着支持的意味。

特洛伊就坐在他身边。他转过头，想看看他的朋友在看什么。我急忙转开目光。

"你没事吧？"伊玛问。

"没事。但我有很重要的消息。"

我给他们讲了蝙蝠女人的房子被烧毁的事。他们听得嘴巴都合不上了。我说到走道里的照片时，勺子首先开口说话。

"很明显。"他说。

"什么很明显？"

"那些照片。那是阿贝欧纳挽救过的孩子的照片长廊。"

我还给他们讲了我被抓，米隆伯伯出现，安吉莉卡·怀亚特让我免受一夜牢狱之苦的过程。伊玛听后好像很不开心。

"等等。你伯伯怎么会认识安吉莉卡·怀亚特？"

"她红得发紫。"勺子补充说。

我们都看着他。

"我说的是安吉莉卡·怀亚特。"勺子解释说。

"对，"伊玛说，"我们知道。"她转向我。"我问你呢？"

"我不知道。米隆好像是她的保镖。"

"我还以为他是体育经纪人呢。"

"他是。我也不明白是怎么回事。但安吉莉卡·怀亚特还认识我妈妈。"

"你在说什么呀?"伊玛的声音现在有些尖厉,"她怎么会认识你妈妈?"

"嗯,她们年轻时都是名人,好像还是朋友。我妈妈是网球新星,安吉莉卡是年轻演员。我猜她们经常在一起。有什么问题吗?"

伊玛只是皱了皱眉。

"我有个想法。"勺子说。

伊玛不耐烦地瞥了他一眼。"快说,我都等不及了。"

"这个沙色头发的家伙。我们暂且叫他屠夫,好吗?"

"他怎么啦?"

勺子推推眼镜。"他想害死你。如果说他可能也想害死蕾切尔,这是否合理?"

沉默。

"如果这样,是不是可以推论,只是推论,他想害死我们大家?"

更久的沉默。

"我不愿承认,"伊玛说,"但勺子说得有道理。"

"谢谢你。你知道的,我不仅仅是女生眼中的英俊小生。"

"那我们必须格外小心。"我说。

"我们从医院出来之后,有谁收到过蕾切尔的消息吗?"勺子问。

最怕的来了。我或者对他们说谎,或者背叛蕾切尔的信任。我决定含糊其辞。"我。"我说。谢天谢地,铃响了。"但我们还是回头再说这个吧。"

"你这话什么意思呀?"伊玛问。

"就是，"勺子补充说，"我们不是一起的吗？"

"这事你们就……就相信我吧。"我想起我下午的安排——见蕾切尔，篮球选拔赛。他们俩都还看着我，等着我继续说话。"这样如何？我们篮球选拔赛后会面。我那时应该可以告诉你们更多的消息了。"

第二十八章

最后一遍下课铃响后,我背起背包,准备步行去蕾切尔家。我正在锁储物柜时,听到弗莱德曼老师的声音:"博利塔先生在吗?我找你有事。"

旁边有人说:"哈,你有麻烦了。"

幼稚。

我走进弗莱德曼老师的教室之后,她关上房门。"我发现了一些东西,你可能会感兴趣。"她说。

"啊?"

"我有个熟人在华盛顿特区的美国大屠杀纪念馆工作。你去过那里吗?"

"没有,老师。"

她神情忧伤。"你应该去看看。每个人都应该去。那里很恐怖,但一点不夸张。你进纪念馆时是一个人,出来时已经变成另一个人。至少,如果你有良心,你会这样。不管怎么说,我和熟人通了话,向她打听汉斯·蔡德纳,也就是屠夫罗兹的情况。"

我等着她继续说。但她没有。于是我说:"谢谢您。"

弗莱德曼老师严肃地看着我。"你想告诉我你为什么对这个主题这样感兴趣吗?"

我差点就说了。我想到我知道的一切,想到莉齐·索贝克就是蝙蝠女人，而且就住在离我们现在所在地很近的地方。我还想到了屠夫、我爸爸和那场大火。但最后，我知道我不应该说，也不能说。

"我不能，"我说，"至少暂时不能。"

我以为弗莱德曼老师会接着问下去。但她没有。相反，她打开她的办公桌抽屉，说："你看吧。"

她手里有一张照片。我接过照片。这也是一张很旧的黑白照片。照片上的男人穿着党卫军服，深色头发，胡须稀疏。他的鼻子很尖，让他看上去像老鼠。他的眼睛像两块黑色弹珠。

"谢谢您，"我抬头看着她说，"这是谁？"

弗莱德曼老师皱皱眉头。"你问'这是谁'？"

"对。照片上的男人是谁？"

"你觉得是谁呢？"弗莱德曼老师说，"汉斯·蔡德纳。屠夫罗兹。"

第二十九章

奥卡姆剃刀原理。

我爸爸总是给我说这个原理。奥卡姆剃刀原理是这样说的:"其他条件相等的情况下,简单的解释比复杂的解释更好。"更准确地说,最简单的答案通常是最好的。

那我为什么就没想到过这种简单的可能性呢:蝙蝠女人的照片是处理过的?

我向蕾切尔家走去时,满腔愤怒,一会儿恨蝙蝠女人,一会儿恨自己——大多数时候是恨自己。我怎么能如此轻信?在今天这个时代,任何有电脑的白痴都能修改图像。我为什么会匆忙得出结论,以为二战纳粹七十年来一天也没变老,现在还在圣地亚哥担任急救员?

我是什么样的天真白痴啊?

那个绿眼睛、沙色头发的急救员不是屠夫罗兹。他也没有九十岁。他不是上世纪40年代在波兰折磨和杀害无数人的那个人,也没杀害莉齐·索贝克的父亲。伊玛不是也简单地把那个人的脸复制到一张现代版照片上寄去圣地亚哥了吗?为什么就没有人反过来做,把一张三十多岁的人的照片叠加到旧的黑白照片上呢?

有个人——我猜是蝙蝠女人或者光头男人——用简单的数码照片愚弄了我。

为什么?我对此该怎么办?

但这事将不得不往后推。现在，我必须把注意力集中到蕾切尔身上。我快到她家时，看到一辆警车开出来。我急忙躲到一棵树后。泰勒警长坐在驾驶座上。车上没有其他人。他从我身边开过时，看上去心烦意乱，还有点……惊恐？

我不知道这是怎么回事。我一直等到警车开出我的视线，才继续往前走。泰勒警长开出来后，蕾切尔家车道入口处的大门已经关闭。我按下对讲按钮，抬头看着摄像头。蕾切尔说："我开门让你进来。"她正在门口等着我。如果她头上没有那条绷带，你根本不会猜到她受过枪伤。当然，子弹没有钻进她的皮肤，只是擦破了头皮。但不知怎么回事，这好像让一切显得更惊险。轻伤和死亡之间的距离，可能只有半英寸，不会更多。

这个想法让我很想拥抱她，但又感觉不妥。

"真高兴你平安无事。"我说。

蕾切尔不自然地冲我笑笑，在我脸颊上吻了一下。她穿着短袖衬衫，我能看到那个烧伤疤痕。我一直想问她那是怎么回事，因为那疤痕现在看上去仍然很痛。不过此刻显然不是时候。从她眼里的红血丝可以看出，她刚刚哭过，也许还哭了很久。

"我为你妈妈的死感到遗憾。"

"谢谢。"

"我刚才看到开车出去的是泰勒警长吗？"

蕾切尔点点头，皱皱眉。

"他来干什么？"我问。

"不知道。他一直在和我爸爸说话。我一走近，他们就说没什么事。不过，泰勒警长不停问我记得些什么。"

他在医院也问过。"我猜这很正常。他在调查案情。"

"我猜也是。"蕾切尔说。但她好像不相信。"就是觉得怪怪的。"

"为什么这么说?"

"他好像有点紧张。"

蕾切尔耸耸肩,领着我顺着走道往前走。我们在一道打开的门口停下。门上拉着黄色的犯罪现场隔离胶带。我看出这里显然就是案发现场。地板上还有血。我靠近蕾切尔。她颤抖起来。我搂着她,把她拉向我身边。

"我们还是去别的地方吧?"我尽可能轻柔地说。

"不用,没事。我就是想让你看看这里。"

房子里静悄悄的。

"谁在家里陪你?"我问。

"没有人。"

这让我很吃惊。"你爸爸和继母呢?"

"继母度假去了——幸好。她在亚利桑那州的一个旅游胜地。我爸爸在上班。"当他看到我脸上担忧的表情时,摆摆手说,"相信我,这样更好。"

我们都默默站在那里,看着地板上的血。蕾切尔的泪水又涌上来。我不知道该说什么,只好说:"你想告诉我发生的事吗?"

"妈妈是我害死的,"蕾切尔说,"就这么简单。"

现在我真的不知道该说什么了。我再次开口时,小心翼翼地慢慢说道:"我看不出怎么可能会那样。"

"是我让她来这里的。是我把妈妈推到了交叉火力中。"

"什么交叉火力?"

蕾切尔摇摇头。"现在已经没关系了。"

"当然有关系。有人想杀你,而且昨晚……"我打住话头。

"昨晚怎么啦?"

"昨晚,有人想害死我。"

她目瞪口呆。"你在说什么呀？"

我给她说了屠夫和蝙蝠女人的房子被烧毁的事。蕾切尔惊愕地站在那里。"她没事吧？"

"你说蝙蝠女人？我不知道。我根本没看到她。"

"真不明白这是怎么回事。"蕾切尔说。

我们都回头看着那间房子。

"给我说说发生的事情吧。"我说。

"我记不住全部经过。"

"就说你记得的吧。"

我转身看着蕾切尔。灯光在她美丽的脸庞上投下阴影。我很想伸手抚摸她的脸颊，把她拉到身边。但我没有。我站在原地等着。

"我必须从头说起，"蕾切尔说，"我首先必须解释我妈妈为什么来这里。"

"好的，慢慢说。"

"嗯，好的，不急，"她差点笑起来，"可你的选拔赛呢？"

"有时间。"

蕾切尔低头凝视地毯上的血迹。"我很长时间都在生妈妈的气，认为她抛弃了我。"

我也低头看着血迹。

"我十岁时，妈妈离开我。爸爸说她仍然爱我，但她需要——"蕾切尔比画出引号——"休息。我当时不知道那是什么意思。其实，从某种程度上讲，我现在仍然不明白。我只知道她把我抛弃了。然后，我父母离婚，我三年没见到妈妈。"

"三年？哇哦。"

"我甚至不知道她在哪里。"

我想了想。"那天，你说你妈妈住在佛罗里达。"

"其实不完全是那样。我的意思是说,她在佛罗里达,至少有时在那里……"蕾切尔停下来,摇摇头,"我都表达不清了。"

"没事,"我说,"慢慢说。"

"好的,我说到哪里了?对,离婚。我再次见到妈妈时,已经十三岁。一天我放学后,她突然就出现了。我的意思是说,一切都是那么不真实,你明白吗?妈妈就站在那里,和其他妈妈在一起,笑得像……像个疯子。她看上去很令人恐怖,嘴上涂了太多鲜红色的口红,头发乱七八糟。她想开车送我回家,但我真的很怕她。我给爸爸打电话。爸爸赶到时,场面可怕极了。妈妈失去控制,冲着爸爸尖叫起来,说他将她锁起来,说她知道他的底细。"

房间里的温度仿佛顿时下降10度。

"后来发生了什么?"我问。

"爸爸一直很镇定。他只是站在那里,任由妈妈发飙,直到警察赶到。真可怕。她的口红被抹得满脸都是,眼睛瞪得老大……她甚至好像看不到我了。后来,她走了之后,爸爸解释说,妈妈不是情绪失控——她有严重的神经崩溃症。他说妈妈一直有精神问题,但我十岁时,她变得躁狂起来,甚至很危险。他说过去三年来,妈妈频繁进出医院。"

"你说的危险是……"

"我不知道他是什么意思,"蕾切尔急忙解释说,"爸爸说她失去控制。他说,为了给妈妈治疗,他不得不申请法院指令。我迷惑不解,又气又怕又难过。其实,从某种程度上讲,这也情有可原……"她摇摇头。"这已经不重要了。我只是认为,嗯,我妈妈疯了。我猜,我爸爸已经尽力。但他离我太远。不过没关系。我有朋友和学校。"

蕾切尔终于把目光从血迹上移开。

"两个星期前,妈妈又被放出来。那时已经有各种法院指令要求她远离我们,比如她必须在社工的陪同下才能来见我之类的。但我想见她。因此,当她打电话后,我们秘密见面。我没告诉爸爸。我没告诉任何人。"蕾切尔抬起头,嘴角浮现出一丝笑容,"我们第一次见面时,妈妈拥抱我。这听上去可能有点怪,但我真的感觉又回到快乐的童年时代。你明白我的意思吗?"

我想到自己的妈妈拥抱我的方式。"明白。"

"我意识到了什么——已经没人再拥抱我了。这是不是很怪?嗯,我长大之后,爸爸的拥抱会让我尴尬,男生永远不会仅仅像那样拥抱我,如果你明白我的意思的话。"

真希望我不明白。我点点头,感觉喉咙有点梗塞。我想到了特洛伊·泰勒,又意识到那是多么不可思议的自私,急忙控制住自己。

"这么说,"我说,"见到妈妈的感觉很好。"

"前几天非常好。后来就出问题了。"

"什么问题?"

"妈妈又开始胡言乱语,说我爸爸是个坏人,欺骗她,毒害她,为了保护自己,爸爸还对每个人说她是疯子。她还变得偏执起来,问我爸爸是否知道我们在见面。我想让她放心,但她不停地说,如果爸爸发现了,会杀了她。"

我没说话。

"那你怎么办?"

蕾切尔耸耸肩。"我试着让她安静下来。我还咨询了她的医生。从某个程度说,我并不惊讶。我见过她以前这样子。也许我也有些自责。"

"为什么?"

"嗯,如果我是个更好的女儿,也许——"

"你知道不是这么回事。"

"我也说不清。我的意思是说,爸爸向我解释过无数次。她有病。那不是我的错,不是他的错,而且也不是妈妈的错。辛西娅·库珀的妈妈有癌症,我妈妈的病损坏了她的大脑。她无法自控。"

我想到自己还在康复中心里的妈妈。那里的人也这么说,说她的毒瘾是一种疾病。专家说,那不是意志力的问题,我也不该特别介意。但无论我仍然多么爱她,多么同情她的遭遇,我心里总是感觉到,妈妈最终选择了毒品,而不是她的儿子。

"因此,我就那样看着这个养育过我的女人,最后一个真心向我表示温暖的人。突然间,我开始觉得有些事情很奇怪,是我以前没有认真想过的事情。"

"是什么?"我问。

蕾切尔转过身。突然间,她的眼睛变得又干又亮。"万一我妈妈没疯呢?万一她说的都是事实呢?"

我没说什么。

"万一我爸爸的确对她做过什么呢?"

"比如?"

"我也不知道。她总是说她知道爸爸做的坏事。万一她说的都是事实呢?我的意思是说,我爸爸并不是仅仅将她送进精神病院,他还和她离婚,重新结婚了。他向我解释说,他们多年前就不爱对方了,他有权利追求自己的幸福等等。但尽管如此,他真的必须把妈妈锁起来吗?他就不能用其他方式吗?这可是我的妈妈,唯一爱过我的女人。我至少不应该对她表示怀疑吧?如果我都不相信她,还有别的人会吗?"

"那你是怎么做的?"

现在,一滴眼泪从她眼里流出来。"我开始调查我爸爸。"

"你的意思是?"

她摇摇头。"这已经不重要了。"

"什么不重要？"

"警察说是外人入侵——也许是两个人。入室行窃之类的。嗯，我爸爸那晚本来应该不在家，所以我让妈妈和我一起住在这里。如果爸爸知道了，会勃然大怒的。我在自己卧室里。妈妈在这下面看电视。已经很晚了。我听到声音时正和你通电话。我以为是爸爸回家来了，所以下楼来看看。我转过屋角……"

"然后呢？"

蕾切尔耸耸肩。"其他的我都不记得了。我醒来时已经在医院里。"

"你说你听到声音了？"

"是的。"

"而且不止一个声音？"

"对。"

"男的还是女的？"

"都有。一个是我妈妈的声音。"

"其他的呢？"

"我给警察说我没听出是谁。"

"但是？"

"我也不知道。我想其中之一……可能是我爸爸。"

我沉默。

"但你爸爸永远不会向你开枪。"我说。

她没回答。

"蕾切尔？"

"他当然不会。"

"你说你开始调查你爸爸，以便弄清你妈妈的话是否属实。你发现什么了吗？"

"那已经不重要了。警察说是外人入侵。爸爸的声音可能是我想象出来的。"

但我从她的声音中听出她有些迟疑。"等等。在医院时,泰勒警长为什么不让你对邓利维调查员说任何事情?"

"不知道。"

我继续追问她。"你门上为什么有蝴蝶?"

"你觉得为什么?"

我愣愣地看着她。"你在为阿贝欧纳工作。"

她没说什么。

"我怎么会那么蠢呢?"我差点打自己一巴掌,"你不是碰巧成为帮助阿什莉的人。你知道她为什么躲进我们学校,对吗?"

她还是没回答。

"蕾切尔,我们一起经历了这么多事情,你仍然不信任我?"

"我信任你,"她一本正经地说,"就像你信任我一样。"

"那这到底是怎么回事呀?"

"你能对我说,你把一切都告诉我了吗?你敢承认你信任我和你信任伊玛一样吗?"

"伊玛?这与她有什么关系?"

"你更信任谁,米基?我还是伊玛?"

"这不是比赛。"

"当然,"她说,声音中带着嘲讽,"说得没错。"她摇摇头。"说到愚蠢,我可能不该告诉你任何事情的。"

"蕾切尔,听我说。"我用双手按住她的肩膀,把她的脸转向我,"我想帮助你。"

"我不想要你帮助。"

她把我推开。

"但是——"

"这是怎么回事?"

我回头看去。一个身穿职业装的男人正站在那里,他的拳头紧握着。

蕾切尔说:"爸爸?"

当我转身准备自我介绍时,蕾切尔的爸爸把手伸进外套,掏出一把枪,将它瞄准我的胸膛。

哇哦。

"你是谁?"

我的膝盖颤抖起来。我举起双手。蕾切尔站到我前面,说:"你在干什么呀?他是我的朋友!"

"你说他是谁?"

"我说过了。他是我的朋友。把那东西拿开!"

她爸爸和那支枪让我不敢轻举妄动。我不知道该怎么办。我站在那里,举着双手,竭力不让自己颤抖。蕾切尔就在我前面,挡住了我的路。惊慌失措中,我觉得自己好怯弱。我想把她推到一边,但又不敢突然动作。

最后,考德威尔终于低下枪口。"对不起,我……我还很紧张。"

"你从什么时候开始随身带枪的?"蕾切尔问。

"自从我女儿和前妻在我自己家里惨遭枪击之后。"考德威尔先生看着我,"对不起……"他顿了顿,好像在想我的名字。

"米基,"我说,"米基·博利塔。"

"蕾切尔,我不记得你提到过叫米基的人。"

"他是新朋友。"蕾切尔说。我听出她有点紧张。考德威尔先生也听出来了。我以为他可能会再问点什么。但相反,他转身背对着我。

"米基,枪的事情真的很抱歉。正如蕾切尔可能已经告诉你的那样,我们这里出了些事情。"

他等着我的回答。但我没说什么。蕾切尔应该告诉我这样的事情吗?我不知道。因此,我既没确认也没否认我知道谋杀的事。

"有人闯进我们家,向我女儿和她妈妈开枪,"他说,"蕾切尔刚刚出院,我特别嘱咐她,不要让任何人进这座房子。所以,当我看到你们两个争执时……"

"我理解。"我说。但我其实不知道自己是否真的理解。这个男人身上有枪,还突然掏出枪来对准我。我的思绪有些不清楚。

"你现在可能该离开了,"蕾切尔对我说,"我知道你要打篮球。"

我点点头。但我不想把她留在这里,独自和她……她爸爸在一起。我想看看她的脸色。但她转身向门口走去。我从考德威尔先生身边经过时,他伸出手。我握住它。他的握力很大。

"很高兴认识你,米基。"

哈哈,我想,没有什么比初次见面就用枪指着别人更离奇的了,还说"很高兴认识你"。

"我也是。"我说。

蕾切尔打开门。她没和我道别,没说回头再联系。她在我身后关上房门,把她自己关在房子里,和她爸爸单独在一起。

我已经走到路上,正在沉思。突然,我听到一辆加大马力的车放慢车速,从我后面开来。我抬起头,看到两个相貌可怕的男人正恶狠狠地盯着我。乘客座上的男人头上包着一根大手帕,右边脸颊上有道很长的疤。开车的人戴着飞行员太阳镜,把自己的眼睛遮住了。有危险。我紧张地吞了口唾沫,加快步伐。汽车加快速度,和我的步伐保持一致。

我正想从人行道上走开时,脸上有疤的人摇下车窗。

"那是考德威尔家的房子吗?"他问。

他指着房子。我不知道该怎么说。但我想说"是"也无妨，因为那里有安全门。于是，我点点头。

　　脸上有疤的人根本没费心向我道谢。那辆加大马力的车径直向大门开去。我站在那里看着。但接着，疤脸转过头来，再次对我怒目而视。"你在看什么？"

　　我迈步走开。他们无论如何也进不了大门的。

　　我大着胆子回头看去，却看到大门打开了。疤脸和他的朋友开进大门。

　　我不喜欢这点。一点都不喜欢。

　　汽车停下来。两个男人从车里出来。我拿出电话，准备拨119，或者至少给蕾切尔打个电话。警告她。但警告她什么呢？那两个人向正门走去。我不假思索地向她家跑去。但接着，门开了。我看到考德威尔先生走到门外。他笑着和那两个人打招呼。他们显然早就认识，还笑逐颜开地互相拍背。

　　然后，我看到考德威尔先生上了那辆车。他们一起开走了。

第三十章

一小时前,一支枪指着我的胸口;一小时后,我已经回到更衣间,准备更衣,参加校队选拔赛。我迫不及待。此刻,我比任何时候都更需要那种只有在篮球场上才能得到的甜蜜慰藉。当我系好高帮篮球鞋的鞋带时,心里又打起鼓来。

我紧张。

其实,我昨天在篮球场上也没有任何朋友。但我知道,校队这些家伙真真切切地恨我。我听到更衣室那边有一伙人,特洛伊和巴克都在那里。他们正在笑。他们发出的声音让我觉得很刺耳。我真的会成为他们中的一员吗?我会受到欢迎吗?

很难想象。

我换好衣服,深深地吸了一口气。为了拖延时间,我给蕾切尔发了一条短信,想再次确认她是否平安无事。她说她很好,祝我选拔赛成功。我正要收起电话,它又响起来。我估计又是蕾切尔发的短信。但我错了。是伊玛祝我好运。

我笑着回复:谢谢。然后又补充道:猜猜看?

伊玛:什么?

我:那张旧纳粹照片是处理过的。那人不是屠夫。

伊玛:不可能!

远处哨声响起。我急忙发短信向她解释,然后收起电话。是时候去球场了。我打开通往运动场的门时,那情景就像电影中的镜头,被告走进被告席,四周立即安静下来。所有的球都停止跳动。没有一个人投篮。我感觉大家的目光都在我身上。我的脸红了。

我低着头,向角落里一个没人的篮板慢跑过去。

那些球又开始弹跳起来,有人重新投出擦板球。这是我一直渴望的——成为一个校队的成员——但我从来没像当时那样不知所措过。我投了几个球,抢自己的篮板球,又投了几个。我很想知道特洛伊和巴克看到我在这里会作何反应。我冒险向他们那边看了一眼。

特洛伊正咧嘴冲我笑着,但我一点都不喜欢他那种笑容。

"奇怪。"有人在我身后说。

我迅即向声音所在的方向转过身。是队长布兰登·佛雷。这学校里没有多少人是我必须仰望的,但布兰登是其中之一。他身高六英尺八英寸。

"你说什么?"我问。

"特洛伊看上去很高兴,"布兰登说,"我还以为他看到你在这里会勃然大怒呢。"

我不知道该说什么。布兰登伸出手。"我是布兰登·佛雷。"

"我知道的。我是米基·博利塔。"

"欢迎你。"

"谢谢!"

"特洛伊也没那么坏。"

我再次觉得最好不对这话做出回应。布兰登投出一个球。篮球"嗖"地钻过篮圈。我把球扔回给他。我们就这样节奏优美地继续练下去。我们没怎么说话。没必要。

"米基?"

是斯泰豪尔教练。

"格雷迪教练让你去他办公室。"

他说完就消失了。我看看布兰登。布兰登耸耸肩。"教练可能想把你介绍给大家。"

"对。"我说。但愿他说得没错。"谢谢你和我一起投球。"

"不客气。"

我离开球场时,用眼角的余光看了特洛伊一眼。他脸上的笑容更灿烂了。

我匆匆向格雷迪教练的办公室跑去。

"你找我,教练?"

"是的,米基。进来,关上门。坐吧。"

我照办。格雷迪教练穿着灰色运动裤和球衣,上面有卡塞尔顿吉祥物骆驼。一时间,他什么也没说,只是低着头,眼睛看着办公桌。

"你看过这个吗,米基?"

"看什么,教练?"

格雷迪教练长叹一声,从座椅里站起来,走到我身边,把"卡塞尔顿高中学生守则"递给我。我看看守则,又抬头看着他。

"你看过这个吗?"他又问。

"简单浏览过。"

我走回办公桌后,坐下。"行为规范部分看过吗?"

"看过。"

"去年,橄榄球队的两名高四生在球场边喝啤酒被抓住,被罚停赛六场。曲棍球的一个孩子在电影院和别人打架——在校外。但他被校队开除了。我们的政策是零容忍。你明白吗?"

我麻木地点点头。我想到了特洛伊脸上的笑容。也许现在我明白其中的含义了。

"你昨晚被捕过,对吗,米基?"

"但我没放火。"

"这里不是法庭。那些被抓住喝酒的孩子也没有被审判。但打架那事的所有指控都落在曲棍球队那孩子的身上。你明白了吧?"

"但昨晚的被捕纯属误会。"

"你上周和特洛伊·泰勒的小冲突呢?"

我的心沉了下去。"我们已经说过这事了。"我说。我听到自己的声音很紧张。

"是的,而且我没有怀疑你说的话。但我今天和泰勒警长通过话。他告诉我说,在过去的一个星期里,你卷入几起事件。他说你还没到法定年龄,没有驾照,却驾驶汽车。他还说你用假身份证进夜总会。这些事情中的任何一件,都足以让你被开除校队。"

我能感觉到心里的慌张。"请听我说,格雷迪教练,这些我都可以解释清楚。"

"你做过那些事情吗?"格雷迪教练问,"泰勒警长说的不是事实?"

"没那么简单。"我说。

"对不起,米基,我无能为力。"

"教练,"我听到自己声音中有乞求的意味,"请不要——"

"你被开除了。"

我紧张地吞了一口唾沫。"多长时间?"

"这个赛季,孩子。对不起。"

第三十一章

要去更衣室，我必须经过运动场。特洛伊笑得像白痴。我使出全部意志力，才没有跑过去揍他。我麻木地移动着脚步。怎么可能这样？篮球就是我的生命。我父母退出阿贝欧纳庇护会回到美国，就是为了让我能有机会在一所高中打篮球。

现在，这个机会没有了，我生活中的其他一切也随之消失。

我听到一阵笑声。然后，特洛伊用嘲讽的声音喊道："走好，米基。"

"就是，"巴克跟屁虫一样补充说，"走好，米基。"

我感觉怒火直往上蹿。但我知道，就算把这些傻瓜都揍一顿也无济于事。此刻，我只想离开这里，离得越远越好。我飞快换好衣服，向出口冲去。

走到外面后，我才感觉好受一些。我紧紧闭上眼睛，大口呼吸新鲜空气。我跪倒在地上，感觉自己正在被淹没，被吞噬。我知道，我知道，这只是一种运动。但篮球对我的意义不仅如此。它就是我的中心，我的一切。尽管我的生活还没定性，但打篮球是我最想做的事情。现在，它活生生地被剥夺了，我的世界再次摇晃起来。

"这么早就出来了。"

我抬起头，看到是伊玛。当她看到我的脸色时，关切地睁大眼睛。

"怎么啦？"

"我刚刚被开除了。"

我把发生的事告诉她。她坐在我身边看着我。当我看着她的眼睛时，我看到了善良和好意。是的，我知道这听上去有些夸张，但那双眼睛看上去几乎就像……天使。我凝视着它们，看到很多东西。我从那双眼睛中吸取力量。

不久前，蕾切尔还指责我不像信任伊玛一样信任她。事实其实更复杂：我对伊玛的信任超过对任何别人的信任。我从不对她掩饰自己的情感。在她面前，我不会假装没生气，不难过，不崩溃。我不在乎我是什么样子，我的声音听上去如何。我只管大声喊叫，伊玛认真听着。

"你想做好事，"伊玛说，"而这就是你得到的回报？太不像话了。"

她理解我的心情。就这么简单。伊玛还有一个不同寻常的地方：她能让我感觉更好，甚至现在也可以。我回想起夜总会那个可怕的时刻。当时，一把刀架在她喉咙上，我相信她死定了，我从没感到过那样无助和恐惧。

我的眼泪涌进眼眶。看到我的眼泪，伊玛说："会过去的。我们能想出主意的。肯定有办法让你归队——"

我不假思索地伸过手臂，紧紧拥抱她。一时间，她愣住了。但接着，她把胳膊伸过来，紧紧搂住我。我们保持着那个姿势，她的头靠在我胸口。我们都没动，好像害怕放手之后发生的事情。

"呃，你们两个在干什么？"

是勺子。伊玛和我急忙松开对方。

"没什么。"我说。

勺子看看我，又看看伊玛，然后把目光停在我们之间的某个地方。"研究表明，拥抱能治疗抑郁，缓解压力，增强身体的免疫系统。"

他又张开胳膊。"那就来个集体拥抱吧？"

"别让我揍你啊。"伊玛说。

勺子仍旧站在那里,张着双臂。"这是为了我们大家的健康。"伊玛看着我。我看着她。然后,我们俩都耸耸肩,同时拥抱勺子。他欣然接受。我觉得奇怪,为什么我们突然间好像都非常渴望身体接触呢?

"我经常拥抱爸爸妈妈,"勺子说,"这感觉很好,对吗?"

我们都把这当成放手的信号。于是,大家在路边坐下。

"你怎么没参加选拔赛?"勺子问。

伊玛嘘他,但我飞快解释起来。我先告诉他屠夫罗兹的照片被处理过。勺子的反应如下:

"唉。我的意思是说,难道我们真的以为他是个一点没变老的怪异纳粹?"

然后,我给他讲了我被开除的事。勺子听到这个消息后的反应很有意思。他没有表示同情,而是对我遭受的不公正待遇义愤填膺,气得满脸通红。这个天真可爱的孩子好像突然到了一个黑暗之地。伊玛急忙转移话题。

"你见过蕾切尔吗?"伊玛问。

"是的。"

"她没事吧?"勺子问。

"都是表皮伤。她头上绑着绷带。"

"不在脸上?"勺子欣慰地说,"谢天谢地。"

伊玛在他胳膊上打了一拳。然后,我们都认真起来。我告诉他们我去蕾切尔家的全部情况,一个细节都没省略。我说完之后,伊玛问:"那你怎么看?"

"我也不确定。她妈妈疯狂指控她父亲……"

"最终死了。"勺子说。

一阵沉默。

伊玛站起来，开始踱步。"你说蕾切尔开始相信她妈妈，相信她对她爸爸的指控，对吗？"

我想了想。"我不知道是不是有那么严重。不过我觉得，在某个时候，蕾切尔认定，如果她都不站在妈妈一边，谁会？"

"好，我们就顺着这条思路走。蕾切尔的妈妈说她爸爸是个可怕的人，把她锁起来，因为她知道他做的坏事。对吗？"

"我想是的。"

伊玛继续踱步。"然后，蕾切尔想相信妈妈。那她该怎么做呢？"

"调查她妈妈做出的指控。"我说。

"怎样调查？"

"调查她爸爸……"

我的声音越来越小。我明白了。

伊玛和勺子都发现了我脸上的表情。"你想到什么啦？"

我一边说，一边努力厘清思绪。"蕾切尔的病房门上有阿贝欧纳蝴蝶。"我说。

"那又怎样？"

"这说明她在以某种方式和他们合作。"

"好吧，"伊玛说，"我们好像知道这点。关键是什么？"

"蕾切尔遭枪击后那天早上，光头男人来找我，他问我的第一件事就很奇怪。"

"什么事？"

"他说他知道蕾切尔和我关系密切……"

我说出这句话时，伊玛有点局促不安。

"但接着他就问我，蕾切尔是否给过我什么东西。"

"比如什么？"勺子问。

"我也是那样问他的。比如什么。他说像是礼物或者包裹之类的。"

我的意思是说，当时蕾切尔刚刚受伤，她妈妈死了，警察刚刚和我谈完话。而光头男人问我的第一件事，却是蕾切尔是否给过我礼物或者包裹？你们不觉得这很奇怪吗？"

我们都觉得奇怪。

"那你的推论是什么？"伊玛问。

"假设蕾切尔发现了什么，"我说，"我也不知道是什么。但这个东西应该可以证明她妈妈说的是事实。假设她发现了可以用来指控她爸爸的证据，把她包起来，也许她应该把那东西交给阿贝欧纳庇护会。"

"但她还没把东西交出去就中了枪。"伊玛补充说。

"而且她妈妈，最先做出指控的女人，死了。"勺子把话说完。

一阵沉默。

"我们的思路可能是对的，"伊玛说，"从一个方面看，这一切都说得通。从另一个方面看，又说不通。不过幸好蕾切尔还活着。即使这个礼物或者包裹已经不在她那里，她也一定知道那东西是什么。"

"这可能意味着她还有危险。"勺子补充说。

我想了想。"我们可能还有没想到的地方。"我说。

"什么？"

"我也不知道。但一定有。她爸爸不会向她开枪。我是说，他根本不可能向蕾切尔开枪。即使为了自卫，他也不会。"

我们都认真思考了一会儿。

"也许是意外。"伊玛说。

"怎么讲？"

"也许他是向蕾切尔的妈妈开枪，失手打到蕾切尔了。"

这话很有道理，我猜，但感觉还是不对。我们一定有什么地方没想到。但我就是不知道那是什么。我们又聊了一会儿。天色渐渐暗下来。我意识到选拔赛要结束了，校队队员即将走出校门。我不想碰到他们，于是建议大家各自回家。

勺子看看手表。"我爸爸再过半小时就下班了。我等着搭他的车回家。"

伊玛和我顺着卡塞尔顿大道往前走去。我们身后，体院馆大门"砰"地打开。校队队员们蜂拥而出。因为刚刚冲过澡，他们的头发湿湿的。他们嬉笑打闹着，非常开心，不过走路时有点驼背，可能是训练后太疲惫的缘故吧。看到他们，我心里的遗憾顿时增加十倍。

伊玛说："走吧，我们快点。"

我们加快脚步。我让她在前面。她先向右拐，然后向左。我知道她要去哪里。几分钟后，我们已经走上蝙蝠女人的房子所在的那条街。房子已经被烧毁，不见了。只有几根柱子还立在那里。这么多年来，各种吓唬孩子的故事四处流传。现在，蝙蝠女人那阴森恐怖的住所终于化为灰烬。消防官员站在前院中，在笔记板上做记录。我想到了那部旧唱机，还有谁人乐队、马力乐队和甲壳虫乐队的乙烯基唱片。我想到了那些照片——蝙蝠女人六十年代的嬉皮士照片，阿什莉在卡塞尔顿高中的照片，那个眼神忧伤头发卷曲男孩的照片，以及所有被救孩子的照片。

都在火焰中化成了青烟。

那莉齐·索贝克，也就是蝙蝠女人，去哪里了呢？光头男人，也就是我不知道他姓甚名谁的那个人在哪里呢？还有，那个假屠夫罗兹，也就是圣地亚哥的急救员、纵火犯在哪里呢？

伊玛站到我身旁。"你觉得它也消失了吗？"

"什么？"

"阿贝欧纳庇护会。屠夫把它毁了吗？"

我想了想。"不知道。我觉得，要毁灭一个存在了这么久的组织不会这么容易。"我往左边挪了挪，向后面的树林里张望。

"你在干什么?"伊玛问。

"后面那个车库。还记得吗?"

"哦,记得,"她说,"光头男人从那里进去。"

"他也是从那里带我进房子去见她的,通过一条地下通道。地道里还有走道和其他的门。"

树林太密,看不到车库,从这么远的距离更看不到。我想,这是故意的。车库是故意被隐蔽起来的。

"我们得去检查一下。"我说。

"检查什么?车库和地道?"

我点点头。"但我们显然不能现在去。也许今天晚上,等消防队不在那里,没人能看到我们时。"

我看着她,她身上的什么东西又让我不安起来。

"怎么啦?"她问。

"你有点不一样了。"

我发现她胳膊上有一团模糊的深色印记。她看到我在盯着看时,把衣袖拉了下来。

"那是什么?"我问。

"没什么。"

但我老是想到勺子告诉我的那些传言,说她住在树林里,她爸爸可能在伤害她。"那是……是瘀伤吗?"

"你说什么?当然不是。"她从我身边退开,又拉了拉袖子,"我要走了。"

"别再这样,伊玛。"

"我没事,米基。真的。"

"那你怎么从不请我去你家?"

她说话时通常都看着我的眼睛,但现在,她看着远方的一棵树。

"我父母不喜欢客人。"

"我甚至不知道你住哪里。"

"有什么区别吗？我真的必须回家了。我们短信联系。如果我们都能出来，可以回到这里，看看能不能找到那些地道。"

说罢，伊玛疾步走开。她走到树林边时，回头看看，仿佛想确认我没有跟着他。然后，她消失在密林中。我不知道如何是好。我总是这样。我什么也没做，只是像个傻瓜一样站在那里。但潜意识里有个挥之不去的念头。我开始厘清思绪，整理近期的记忆，试图弄清楚那是什么。然后，我明白了。

你做过那种游戏吗？在两张看上去几乎一样的图片中，你必须找出六个不同之处。这有点像那个游戏。我闭上眼睛。我回忆几天前的伊玛，再想想今天的她。不同之处在哪里呢？什么东西在困扰我？

区别一：手臂上的疑似瘀伤。

我真的需要找到区别二吗？

我站在那里。伊玛说得很清楚：我不能管她的事情。但这并不意味着我必须听她的。伊玛尽管年纪不大，晚上却好像很晚都能出门。我也是，但我的情况很特殊。她身上还有许多文身。什么样的父母允许孩子这么小就文身？当然，这不能证明什么，也算不上可疑。但如果再想想她的神秘举动，树林深处的家，那道疑似瘀伤，还有那些传言……

有时，最大的求救声是无声的。

我决定跟踪她。现在就去。

伊玛开始可能会走得很快，但她不会跑。如果我保持镇定，快速前进，可能追上她。我试图猜测她往哪个方向走的，但其实毫无线索。我不是有经验的追踪者。因此，我径直往前跑去，边跑边寻找一切痕迹。但我究竟想找什么样的痕迹呢？

我猜，是伊玛的痕迹。

我在越来越浓密的树林中穿行，再次回想起找区别游戏。我想到了她后颈上的文身。我记得那个区域原来是一条蛇的尾巴。那条蛇是绿色的……而现在呢，等等，这怎么可能……今天，那条尾巴更像是紫色的。

这究竟是怎么回事？

我继续往前跑。这可能吗？我开始回忆她的其他文身，然后意识到它们好像都……都变了？

但这又能说明什么呢？

几天前，我们才去过等着文身工作室，见到了她的文身艺术家阿金特。他当然很另类，但我喜欢他。他还帮助过我们。因此，也许她去那里对文身做过一些修饰。

但那通常不是都需要用绷带扎起来，以便创口痊愈吗？

我正在丛林中边跑边想时，突然听到前面有声音。我急忙躲到一棵树后，偷偷往外看。那里，我前头大约五十码的一片小空地上，站着伊玛。

我找到她了。

她走的是树林里的一条小路。我觉得她正在往西走。我没有指南针，也不是童子军。可是，谁又真的在意她要去什么地方呢？

我尽可能与她保持距离，但同时又不让她走出我的视线。这片林地其实是卡塞尔顿水库的一部分。这里有一些不应该出现在这里的痕迹。不过树林相当大，而且我知道这里没有人巡逻。因为米隆伯伯曾得意地告诉我，在他小的时候，每个五年级的学生，当然也包括我爸爸，都必须去采集野花，认识它们，然后把它们夹在书里。大多数学生都到这片树林中采花。不知出于什么原因，米隆觉得我可能会对这个话题感兴趣。

但我现在为什么会想到这件事呢?

首先,我以为伊玛最终会走进这片树林深处一座锈迹斑斑的隐秘铁皮房。但现在,我意识到这好像不大可能。是的,我从未见过有人巡逻这片树林,但那并不意味着真的没人巡逻。这里毕竟是库区。不可能有人在这里修建房屋,即使是简陋的危房。你将不得不经常搬家,也许还将不得不住帐篷,随时提防被赶走。

这一切都说不通。

天色开始暗下来,我又想到自己没有指南针。我们已经进入密林深处,我也许能找到回去的路,但我不确认仅仅凭借着手机的亮光是否能做到。想到最好不要跟丢她,我加快了脚步。

伊玛向左走去,开始爬一座较陡的小山。我停下脚步,观察着。如果我也往那座山上爬,她肯定会发现我。因此,我一直等到几乎看不到她时,才开始爬山。现在,我当然又紧张起来,生怕跟丢她。我压低身子,疾步往山上走。

我心里非常愧疚。我正在秘密跟踪最好的朋友。尽管这是为她好,但这样做也不正确。为了她的利益。这是否经常被用作愚蠢行动的借口?比如我现在的行动。

我应该停下脚步,回家去。

我迟疑片刻,正要重新考虑自己的行动,转身回去时,已经爬到山顶。横在我面前的,是一道链条式栅栏。

伊玛不见了。

我左右看看。栅栏好像一直延伸到我的目力所及之处。每隔大约十码左右,就有一个"禁止跨越"的标志。我猜,这是为了警告四处巡逻的护林人,如果他们跨过栅栏,将受到法律制裁。

伊玛去哪里了?

我顺着栅栏往前走,并往栅栏那边张望。前面是更多的树林,但就在前头大约二三十码的地方，我看到有一片空地。但我不知道那对我会有什么用。栅栏上没有门或者开口。难道伊玛在我爬山时掉头回去了吗？我觉得这有可能，但值得怀疑。也许她看到我了，正躲在树后。

我沮丧不已，伸出手，一把抓住栅栏，轻轻一摇……栅栏是松的。

这究竟是……

我仔细观察。原来有人把这段栅栏和金属桩的连接处砍断了。只是看看不会注意到，但如果你靠向栅栏，它就会向内旋开，几乎像门一样。我把身体靠上去，稍加用力。片刻之后，我已经无视那些警示标志，出现在栅栏的另一边。

哼，反正我已经因为许多不慎举止被学校篮球队开除。再增加一条擅闯私人领地也无妨。

现在怎么办？

我继续往前走。最后，我看到一片空地。我放慢脚步。一旦走出树林，我就将暴露无遗。我不知道出现在前面的会是什么。但贸然往前走是不明智的。可是，伊玛现在可能已经离我很远了，因此我也不能磨蹭。

我走到树林尽头。当我往那片空地看去时，大惊失色。

我看到的第一样东西是个巨大的花园。没有多少植物在开花，但灌木被修剪成各种动物的形状。植物雕塑。他们是这样叫的。有天鹅、狮子、长颈鹿、大象。都是用绿色灌木修建出来的，1：1比例。还有一些白色塑像，看上去像古罗马或者古希腊时代的东西。我看到了一个游泳池和一个露台。但让我目瞪口呆，是矗立在这一切后面的那座房子。

尽管从背后看去，这房子看上去仍然像噩梦版迪斯尼乐园中的黑色城堡。我刚刚来过这里，不过是从前面长长的车道上去的，不是从后门进入。

米隆伯伯带我来这里见安吉莉卡·怀亚特。

这究竟是怎么回事呀？

我目瞪口呆地站在那里。最明显的解释可能是这样：伊玛把这里当成了回家的捷径。也许这座地产的另一个部分栅栏上还有另一个缺口，可以通往我想象中的那座破旧简陋的小屋。但我又突然觉得这个解释很牵强。

我向前移动，离那座房子更近了。这里非常空旷。要想继续前进，却又不被发现，唯一的办法是从一个藏身处疾步跑向下一个。因此，首先向那只植物大象跑去，猫腰躲在它粗壮的腿间。然后，我跑过直升机停机坪，躲到一座白色塑像后面。塑像是个女人，身上的衣服看上去像宽大的袍子，她一只手里拿着矛，另一只手上托着大浅盘。然后，我从那里箭步向房子一侧跑去。

我背靠着墙，慢慢往前挪动。现在我是超级间谍米基·博利塔。我不知道要去哪里，甚至不知道自己在干什么。我想给伊玛发短信，问问她此刻在哪里。但我已经走了这么远，不能就这么回去。

转过屋角后，我骤然停下脚步。伊玛就站在前院中间。她把双臂抱在胸前，冲我直皱眉头。

"呃，嗨。"我说。

我机灵的舌头再次失灵。

"这里到处都是监控摄像头，自以为是的家伙，"伊玛说，"保安人员没向你开枪算你运气好。"

我不知道该说什么才好，只好嗫嚅道："对不起。我只是担心你。"

她转身向正门走去。我没动。

"进来吧，"伊玛说，"你还是知道真相为好。"

第三十二章

我迷惑不解地跟着伊玛走进黑色豪宅,然后进入一个装饰精美的地下室。这里是个时髦的家庭影院,有宽大舒适的椅子和一个巨大的银幕。一个角落里有台爆米花机,就是电影院里那种。墙上贴着安吉莉卡·怀亚特主演的电影海报。

我看看海报,又看看伊玛。她低下头,退后一步,绞着手指。我又看看海报,再看看伊玛。"我应该看出来的。"我说。

"什么?"

"眼睛。"

伊玛没说什么。

"我认识安吉莉卡·怀亚特后,就一直在想,她的眼神多么温暖,令人安慰。好像我可以直接和她对话,可以一直说下去。可我一直想不出为何会有这种感觉。现在我知道了。"

伊玛抬头看着我。

"安吉莉卡·怀亚特是你妈妈吗?"我问。

"是的。"

"我完全糊涂了。那些传言……"

"我住在简陋小屋里,我爸爸是危险人物,经常打我?"

我点点头。

"是我自己传出去的,"伊玛说,"为了打消大家的好奇心。"

我等着她继续往下说。但她没有,于是我说:"但这是为什么?"

"你不是在开玩笑吧?"

"当然不是。"

"你听到过学校里那些男孩子是怎样谈论安吉莉卡·怀亚特的吗?想象一下,如果他们发现她是我妈妈……"

"我猜那种感觉可能会很奇怪。"

"可能会?"

"好吧,我想一定会很奇怪。"

"再想想那些无聊的女孩子,她们甚至不愿意和我一起玩。想象一下,如果她们知道我妈妈是闻名世界的电影明星,她们会怎样对待我。"

"她们可能会把你当黄金。"我说。

"你觉得我希望那样吗?假惺惺地邀请我去加入她们,不得不和她们一起吃午餐?如果她们知道这件事,我还有谁可以信任?我怎么可能再认为有人会真的喜欢我这个人?"伊玛把头转开。她的肩膀耷拉下来。

"怎么啦?"我说。

"你知道我刚听说你伯伯在保护我妈妈时是怎么想的吗?"

"不知道。"我说。

"我以为你也许知道真相,一直就知道我是安吉莉卡·怀亚特的女儿,因此才开始对我好。"

"我以前不知道。"我说。

她仍然背对着我。

"伊玛,看着我。"

她慢慢转过身来。

"我以前真的不知道,"我说,"这对我不重要。"

"好吧,"她轻声说,"那我们为什么成了朋友?"

"不知道。我猜,我这人就是受捣蛋鬼的青睐。"

伊玛不禁莞尔。"我也是。但你明白我的意思吗?"

"明白,"我说,可我好像还没回过神来,"但这好像有点过分了。你是怎样做到的?学校怎么会不知道呢?"

"我的正式姓名是埃玛·博蒙特,不是埃玛·怀亚特。妈妈登记这房子时,用的是我外婆少女时的名字。妈妈好像过着秘密双重生活。一种是魅力女星的生活,另一种是普通母亲的生活。我们每次见面都很小心。这座房子很偏僻。她可以开车来,或者直接乘直升机来。"

我没说话,但我脸上一定表露出了什么。

伊玛向我走近一点。"告诉我你在想什么。"

"你想听实话吗?"

"是的。"

我耸耸肩,顿了顿,说:"你为什么没有早些告诉我?我的意思是说,我和特洛伊还有巴克都不同。我完全相信你。我们一起经历了这么多事情,我把一切都告诉你了……"

"你似乎感觉我背叛了你?"伊玛说。

"是的。"

"如果我说我本来已经打算告诉你了,你心里会好受些吗?"

我没回答。

"或者说,我正在寻找合适的时机?如果我告诉你说,我太难相信任何人,你心里会好受些吗?"

"这些我都能理解。"我说。

"但不能完全理解。"伊玛说。

"没关系。"

伊玛把头转开。我看到她眼睛里有泪花。

"我没事了。"我又说。

"我想给你看样东西……也许那能解释一切。"伊玛打开一个壁柜，回头看着我，说，"你比我高很多。能帮我把那个鞋盒拿下来吗？最左边那个。"

"这没必要。"我说。

"请帮我拿下来，米基，别惹我发脾气。"

我走到壁柜前，从顶上的架子上取下那个鞋盒，递给她。屋子中间有张长沙发。她在沙发上坐下，让我坐在她旁边。

她打开鞋盒，抽出一张剪报。是从一张小报上剪下来的：耸人听闻，安吉莉卡·怀亚特的秘密宝贝现身。

她又抽出另一张：谁是安吉莉卡·怀亚特真正的宝贝？然后是另一张：安吉莉卡·怀亚特在法国的秘密爱巢。再一张：独家新闻！安吉莉卡宝贝的照片！首次公布！一份剪报上说，伊玛的亲生父亲是安吉莉卡目前这部电影的联袂主演。另一份声称她父亲是英国首相。

"说起这些我就难受。"伊玛说。

"那就别说了。"

"不，我想告诉你。我想让你明白妈妈和我为什么要这样做。"

"好吧。"我说。

她把剪报拿在手里。"他们从不放过我。从我一出生开始，小报记者就与我们形影不离。我们去公园，狗仔队跟着。我和妈妈秘密出行，甚至去很隐蔽的地方，但仍有人用高性能镜头拍下我的快照。就算轻描淡写地说，那也……令人窒息。我开始做噩梦。我看过精神医生。妈妈甚至短期退出影坛，专门照看我，但这却遭来更多的流言。而且事实上，她喜欢演戏。我从小就看出这点了。我不想把她从银幕上抢走。你明白我的意思吗？"

"当然。"我说。

"做出那个决定很难。但最后，我们决定像现在这样生活。妈妈自己传出谣言，说我在海外一所寄宿学校上学。"

"那谁和你一起住在这里？"

"外祖母。呃，还有……"她看上去有点尴尬。

"还有谁？"

"我觉得他可以算助理之类的。他还帮着管理这个家。他叫奈尔斯。"

我想起上次来这里时见过那人，男管家奈尔斯。我翻看着那些小报文章，不知道怎样提出下一个问题。"我能问你一个显而易见的问题吗？"

伊玛脸上露出一丝笑容。"你想知道我爸爸是谁。"

"如果你觉得这与我无关……"

"我不知道谁是我父亲。妈妈还没告诉我。"

我再次不知该说什么，只好"哦"了一声。

"我知道你在想什么。她说她有一天会告诉我，当时机合适的时候。但不是现在。相信我，我们为此争执过很多次。我想知道，但我一问起这事，妈妈就会大发脾气。好像她真的很怕我知道。"

"她会怕什么呢？"

"不知道，"伊玛说，好像她是第一次想到这个问题，"但我也没追根问底。其实，我又能怎样呢？"

"是的，我理解。"我突然想到另一个问题，"你查到圣地亚哥那个急救员的消息后，不想告诉我你的信息来源。难道是……"

伊玛点点头。"对。只要你打出安吉莉卡·怀亚特的招牌，真的很难想象哪些门会为你打开。"

我猜，她说得有道理。我还在翻看那些文章，尤其是那些有小伊玛的特写照片的。

"这些照片上完全能看出你现在的影子。"我说。

"但我变了很多,对吧?"

"我想是的。"

"你可以说出来的,米基?"

"说什么?"

"说我那时看上去更瘦,"伊玛说,"更……正常。"

我没回答。

"那是我现在这样的原因之一。"她说。

"什么呀?"

"一身黑。把头发染成黑色。戴首饰,文身。甚至包括长胖。我不想当那个被到处伏击的孩子。我想变成不同的人。因此,现在这一切当初可能只是为了掩饰身份,但我喜欢我现在的样子。似乎更像我,你觉得呢?现在,我都不知道我这样是为了掩饰身份,还是因为我一直就想这样打扮。"

我举起一张旧剪报。"你的变化没有你想象的那么大,"我说,"而且你正在改变。"

"你说什么?"

"文身。这是我觉得奇怪的第一个信号。我以为在你手臂上看到的是一团瘀伤。但其实是一个污点。我想不出你究竟哪里不一样,但后来我想到了。就是你的文身。它们变了。你妈妈不会让你用一大堆文身来掩饰身体的。至少在你现在这个年龄不行。因此,它们都是临时性的,对吗?"

伊玛看上去好像很开心。"哇哦,你竟然注意到了,简直不敢相信。"

"你知道奇怪的是什么吗?"我说。

"呃,这一切都很怪?"

"嗯,是的,这我知道。但还有一件事:我们的妈妈十几岁时就互相认识。"

"是的,她们那时可能和我们差不多大。这的确奇怪。还有,你伯伯为什么突然成了我妈妈的保镖?"

"我也搞不懂。他说一个亲密朋友请他帮这个忙。我知道米隆伯伯不仅仅是经纪人之类的。我想,他还有点像秘密私人侦探,或者保卫人员。"

"所以,妈妈在这里时他帮着保卫妈妈?"

"我想是的。你为啥不问问你妈妈?"

"我问过。她只说她需要额外的安全保护,米隆又是老朋友。"

"那可能就是这个原因吧。"我说。

"也许吧。"

看来我们俩都不相信。

"蝙蝠女人说我不应该给米隆说阿贝欧纳的事,"我说,"永远不能说。我爸爸也从没给他说过。"

"我也没告诉我妈妈。其实,这好像是我们应该保密的事情,你觉得呢?"

是的。

"还有一件事,我得告诉你。"伊玛说。

"什么?"

"文身的事你说得没错。等着文身工作室的阿金特⋯⋯是他帮我文的。它们都是临时的。嗯,这个除外⋯⋯"她开始把肩膀上的衬衫往下拉。我的眼睛突然瞪圆,仿佛脱衣舞序曲即将上演。伊玛一定看出了我脸上的惊愕表情,因为她翻了个白眼。"别大惊小怪。"

"你说什么?"

"嗯⋯⋯不过没什么。"伊玛转过身,让我看她的背,"你看看吧。

阿金特说她不知道怎么会这样。但不知怎么回事,这个文身就是一直不掉。"

我甚至无须看,因为我知道她说的是哪个文身。就是我一直无法摆脱的那个图像。或者我该说,是我们一直无法摆脱的那个图像。

那是一只翅膀上有眼睛的蝴蝶文身。

第三十三章

我和伊玛又聊了一会儿。我建议我们回头在蝙蝠女人的房子那里碰面，看看是否能找到进车库和地道的办法。伊玛不确定她是否能去。

"妈妈不在这里时，我很容易溜出去。但她在时，比如现在……"

"明白了。"

"米基？"

"嗯？"

"篮球队的事我真的很难过。"

"谢谢。"

大脑的运转线路真的很有趣，有时会奇怪地循环。你有没有遇到过这样的情况，你开始觉得什么事情很奇怪，想去追溯是什么让你产生这样的想法，然后，你真的会从各个角度去思考。我现在就在这样做。这是我的大脑运转线路：伊玛提到篮球队，我竭力想把那个想法推开，但能让我逃避被校队开除痛苦的唯一方式，却是……打篮球。这又让我想起最后一次打篮球，想到昨天在纽瓦克打篮球，想到蒂雷尔·沃特斯，想到他可能在做什么，还想到他爸爸沃特斯调查员，想到他开车送我回家，想到有关沃特斯调查员的两件事：

一、他正在调查卡塞尔顿的一桩毒品大案。

二、他知道考德威尔先生的名字是亨利。

他怎么可能知道这点？这两件事情有联系吗？

实际上，沃特斯调查员曾问过我很多有关考德威尔一家的问题，问的时候还竭力装出漫不经心的样子。当时我还以为他只是对枪击案好奇，也很自然。可现在我想起蒂雷尔说过的话了——如果他爸爸不是因为正忙于"调查你家乡的一桩毒品大案"，可能就在调查考德威尔枪击案。

"你在想什么？"伊玛问。

我飞快地解释了一下沃特斯调查员的事情。伊玛一如既往地很快就明白了。

"你得再问问他这件事。"

我同意，但天色已晚。我给蒂雷尔发短信，看看他是否还在球场。他回复说没有，因为他所在的韦克瓦契高中校队今天开始训练。然后，蒂雷尔又补充说：你能很快赶到这里吗？我们需要人员参加比赛。

该死，没有时间了。即使我跑去公车站，公车也要半小时后才开车，然后还要行驶一段时间……没戏了。我正把短信给伊玛看时，突然听到楼梯上有下楼的脚步声。伊玛僵在那里。一时间，我以为她要让我躲起来。但脚步声临近时，她脸上的表情放松下来。

"伊玛小姐？"

我听出了那个英国口音。是男管家奈尔斯。

"我在这里，奈尔斯。"

奈尔斯走进地下室。他是那种可能从不在脸上表露感情的人——上嘴唇总是绷得紧紧的。但他看到我时，仿佛地下室里突然出现了一头正在做倒立的大象。

"奈尔斯，这是我的朋友米基。"

"我们见过面。"我说着站起来。

奈尔斯脸上的短暂惊愕消失，表情灿烂起来。"来客人了！"

伊玛皱皱眉头。"是的,奈尔斯。"

"太好了。我们这里从来客人不多,对吗,伊玛小姐?"

"你不用做出那副震惊的表情,奈尔斯。"

"这不是震惊。伊玛小姐。是高兴。我们的客人要留下来用晚餐吗?"

"不,"伊玛说,"其实,奈尔斯,我想请你帮个大忙。"

"当然可以。"

"你能开车送我们去纽瓦克吗?"

第三十四章

当奈尔斯开着一辆石灰绿色甲壳虫出现在车道上时,我心里松了一口气。我生怕我们会开那辆加长豪华轿车。你可以想象,如果我坐那样的车去打篮球,会遭到怎样的嘲讽。不过,这辆石灰绿色甲壳虫也够引人注目的,所以我请奈尔斯提前两个街区让我下车,我步行过去。

"我再问一下,我们为什么来这里?"奈尔斯问。

"米基有场重要的篮球比赛。"

"他到你家来就是为了请你找车送他?"

"我回头再解释,"伊玛转向我说,"比赛愉快。奈尔斯和我在这里等你。"

奈尔斯说:"是的。"

"不用啦,"我说,"我可以坐车回去。"

"不,不,想都别想,"奈尔斯说,语气十分讽刺,"你打球时,伊玛小姐正好可以告诉我你们俩是怎样认识的,让我开心一下。"

伊玛翻了个白眼。我钻出汽车,慢步跑向学校。蒂雷尔在校门口接我。他穿着白色球服,胸口上有"韦克瓦契"的字样。"你们的人已经输红了眼。"他说着扔给我一件红色背心,示意我套在衬衫外。

韦克瓦契校队和他们找到的散兵游勇之间的比赛,已经进行到最后四分之一场。我飞快瞥了一眼看台。没错,沃特斯先生在。我微微向他点头示意，他也点点头。接下来的时间里，我全力投入比赛。我看到蒂雷尔和他的队友们一起开心地笑着，感觉自己的脸烫起来。蒂雷尔的队员们互相击掌，喊道："防守！"然后散开。他们是队友。蒂雷尔喜欢和我一起打临时拼凑比赛，但今天不一样。这是他的校队。这点很重要。

我怎么能毁了这次机会？

我还要念高三和高四，但那些日子现在好像很遥远，无法想象。也许妈妈会好转，我们可以搬到其他地方去，我可以从头开始。但她还要在康复中心里待六个星期。也许爸爸……

也许爸爸什么？

我无法把注意力集中到篮球上，总要想到爸爸，想到他可能在洛杉矶的那座坟墓里，想到我也许有机会确定这点。我打篮球时通常会忘记这些。但今天却不能。

我打得不好。我们散兵游勇队失败。但在我竞争性极强的篮球生涯中，我第一次没去在乎。我只想去见沃特斯先生，询问亨利·考德威尔的事。悦耳的终场哨声终于响起。我站到队列中，与对方队员握手。轮到我和蒂雷尔握手时，他说："出什么事啦？"

"没事。"

蒂雷尔皱皱眉头。"那你今天为何没有参加选拔赛？"

"我被开除了。"

"怎么回事？"

"说来话长。"

"噢，米基，我为你难过。"

"我会好的。"我撒谎说。

"嘿，蒂雷尔，"他的一名队友在叫他，"教练要开个短会。"

蒂雷尔担忧地看着我说："我们过会儿再说这事，好吗？"

他和队友们一起跑开。我正在想该怎样向沃特斯先生走过去,具体说些什么时,却发现这已经没有必要。因为蒂雷尔的身影刚刚消失,他就疾步向我走来。

"你好吗。米基?"

"很好,谢谢。"

"你的朋友蕾切尔怎么样?"

这次不拐弯抹角了。

"她已经好些了。"

"听说她已经出院。"

"是的,我今天刚见过她,还见到她爸爸了。"

这引起了他的兴趣。"他是怎样处理这一切的?"

我应该告诉他考德威尔先生用枪指着我吗?我不确定,因此决定把话说得简单点。"他好像很紧张。"

"怎样紧张的?"

"有点神经质。"

"怎样神经质?"

"嗯,"我说,"好像很容易受惊。也许有点害怕。不过也不能怪他。他的前妻刚刚被枪杀,女儿受枪伤。"我把头偏向一侧。"沃特斯先生,我能问你一个问题吗?"

他没说可以,也没说不可以。

"你怎么会认识亨利·考德威尔?"

沃特斯好像不喜欢这个问题。"谁说我认识他?"

"你昨天开车送我回家时,问我亨利怎么样。你怎么知道他叫亨利?"

他的目光严峻起来。

"沃特斯先生?"

"这不重要,米基。"

"你在调查他吗?"

"这与你无关。"

"蕾切尔是我的朋友。"

"那又怎样?你要找出向她开枪的是谁吗?"他皱起眉头,"这不是比赛,米基。这些人玩的是真的。"

"哪些人?"

他摇摇头。突然间,他不再是慈爱的父亲,而是强硬的警察。"提问的人应该是我。你在考德威尔家时,看到其他人了吗?"

"比如谁?"

"回答问题。"

"没有,只有蕾切尔和……"然后我想起来了,"对了,我刚刚离开,就有两个令人毛骨悚然的家伙去找考德威尔先生。"

"他们看上去什么样?"

"嗯,像街头混混。一个头上捆着大手帕,脸上有道疤。"

听到这话,沃特斯吞了口唾沫。他飞快掏出他的智能手机,按下一些按钮。"你看到的是这个人吗?"

他把手机里的照片给我看。毫无疑问。这就是疤脸。"是的,就是这个人。他是谁?"

沃特斯先生的脸色阴沉下来。"他是个很坏的人,米基。"

"但他是谁呀?"

"你必须离他远点,听到了吗?你不会相信他能做出什么样的坏事。"

如果沃特斯先生想吓唬我,那他成功了。"他和蕾切尔家发生的事情有关吗?"

但沃特斯先生没理会我的话。"你不要管这件事,米基。"他听上去生气了,"我不想再警告你。别再玩了,不然会有人受伤。"

第三十五章

我没等蒂雷尔回来,因为我不想谈被开除校队的事。沃特斯先生继续严肃地说:"如果你看到或者听到什么,给我打电话。这是我的号码。"

他又要递名片给我,但我取出钱夹,让他看他上次给我的名片。"我还把你的号码输入到我的联系人名单中了。"我说。

"把它设置成一键拨号。"沃特斯第二次警告我说。

我顺着街区疾步往回走。那辆石灰绿色甲壳虫还停在那里,看上去就像一只石灰绿色甲壳虫。我爬进后座时,伊玛说:"比赛如何?"

接着我的手机嗡嗡响了,我好奇地看了她一眼。伊玛煞有其事地用力盯着我的眼睛,然后看看我的电话。我明白了。我拿起手机,看到她的短信:别当着奈尔斯的面说枪击案的任何事情。他会担心的。我们回头再谈。我今晚尽量溜出来和你去找蝙蝠女人的地道。现在随便说些别的什么吧,比如你是痴迷运动的男孩。

我向她皱皱眉头。她耸耸肩。

"是呀,"奈尔斯说着开动汽车,"你的重要篮球赛如何?"

"棒极了。谢谢!"

"比赛时间很短,是不是?"

"呃,是的。"我说。

"我之前一点不知道,伊玛小姐让我开车到这里,是为了帮助你提高篮球技艺。"

"没错,"我说,"她是个非常,呃,非常乐善好施的人。"

"今天伊玛小姐频频让我吃惊,"奈尔斯说着把车开上280号公路,"我猜,我应该相信她说的每一个字。"

"奈尔斯。"伊玛说。

"别,别,伊玛小姐,我只是一位仆人。你没必要向我解释。"

我给伊玛发短信:奈尔斯不相信。

"换成你呢?"伊玛对我说,她甚至懒得发短信了。

奈尔斯在驾驶座上笑了。

回家的路上,我们都保持沉默。奈尔斯把我送到米隆伯伯的房子外。我坐在厨房里,想厘清当天发生的事情。但没理出任何头绪。我拿起电话,给妈妈所在的康复中心打电话。我要求接我妈妈的房间。

"请稍等。"

铃响两声后,我听到电话被接起,接着是一声沉重的叹息。"米基,你知道的,你不能和她说话。"

我知道。妈妈"复发"过一次。简单地说,她上次出院后不到几小时,又开始吸毒。现在,她被隔离了。电话那头的女人是克里斯蒂娜·西比,康复中心的负责人。"我只是想听听她的声音。"我说。

"你知道我不会允许的。"

这个我也知道。但我想妈妈,现在想得特别厉害,因为我的世界好像正在重新坍塌。爸爸死前,妈妈活力四射、充满智慧,我真想叫她"完美妈妈"。但我们许多人都只是那样想想而已,不是吗?

"她怎么样?"

"你知道的,我也不能回答这个问题。"

"那你能回答什么呀?"

"我数学很好。"

"不，不好。"

"是的，的确不好，"克里斯蒂娜·西比说，"米基，你好吗？"

"你觉得我好吗？"

"你听上去不好。"

"我会好的。"

"你伯伯……"

我皱皱眉头。"他怎么啦？"

"我知道你心里很怪他，但他不是坏人。"

"谢谢。"

"还很可爱。"

"是吗？那可就完全不同了。"我说。

"和他谈谈吧，米基。"

克里斯蒂娜·西比说完就把电话挂了。我皱着眉头盯着电话，尽量不去想妈妈现在可能正在经受什么。我曾尽力帮助她。我还找了一份工作，挣钱维持我俩的生活。我一次次从酒吧、汽车旅馆和拖车中把她拽回家。我把她的衣服清洗干净，让她洗澡更衣，到户外去，满怀希望地以为她能摆脱毒瘾。但我的一切努力都无济于事。而且，用克里斯蒂娜·西比的话说，我是驱使者。我不确定她说得是否对，但我决定听这位照理应该是专家的话。因此，尽管这违背我体内的每一种原始本能，我决定让妈妈独自承受一切。

不过，唉，我还是会软下心肠打电话。比如刚才。

前门打开。"有人吗？"米隆喊道，"米基？"

"在厨房。"我说。

米隆伯伯匆匆走进来，脸上挂着期待的微笑。"选拔赛如何？"

我可以大言不惭地说，我的本能反应是撒谎。我不想提那事。不想让米隆伯伯长篇大论地教训我一番，数落我做过的所有错事。或者,更糟糕的是,让他用同情的目光看我。但我没有勇气说谎。他很快就会知道的。

"我被校队开除了。"

他脸上的表情更接近震惊,而不是同情。"你说什么?出什么事了?"

于是,我向他和盘托出一切。我以为,"我告诉过你该如何如何"、"你早就知道规定"、"你期待什么结果"之类的注定会接踵而至。但事情却并非如此。米隆伯伯的肌肉绷紧起来。当我提到泰勒警长的介入时,我看到他气得连脖子上的血管都跳动起来。

我说完之后,厨房里一阵沉默。我对沉默无所谓。米隆伯伯却不然。他是那种无法忍受沉默的人,总是会打破沉默,因为沉默会让他感到难受。但今天,他第一次长时间保持着沉默,身体一动不动。我能看出,这一定就是让他成为著名球星的原因。他心中有一股怒火,甚至让我也想往后退。他的眼神变得阴沉起来,脸上的表情给人的感觉是,他不仅可以挑战世界,还能抽动地球。

最后,米隆伯伯咬牙切齿地说:"埃迪·泰勒。"

"不要紧。"我急忙说。但从很多角度讲,这话都很蠢,最起码完全不是我的真心话。

"我去和他谈。"

"和谁?等等,你说的是泰勒警长?"

他没回答。

"请不要这样,"我说,"这是我自己的事。"

"你和泰勒的事?"他摇摇头,"不,这是我的事。你只是个无辜被卷入战火的旁观者。"

"谈也没用。我违反规定了。做出决定的是格雷迪教练,不是泰勒。"

米隆伯伯没说话。

"米隆?"

"你还记得你昨天给我说的事情吗?"米隆问。

我一时没反应过来。但接着我想起了。"掘出爸爸的遗体?"

"是的。你为什么要那样做?"

"我告诉过你了。"

"让他离我们近点。"

"是的。"

米隆伯伯摇摇头。"你不能为了这样的理由要求掘出遗体。有严格的规定。那个特别公墓不会批准任何掘出遗体的请求。即使他们批准了,我们还需要得到直系近亲的允许。也就是你妈妈。你想让她现在去签字申请那样的事情吗?"

我感觉到希望开始破灭。"不想。"

"那我再问你一次。你为什么想掘出你爸爸的遗体?"

我耸耸肩。"现在这还有什么区别吗?"

米隆好像在斟酌自己的话。"因为有可能我能搞定这件事。"

"你有什么办法?"

"我有个朋友,而且这个朋友神通广大……"

"安吉莉卡·怀亚特?"

"不是。"

我差点就问他是否知道伊玛的事情,是否知道安吉莉卡·怀亚特有个女儿。但我也知道,关于她的身份,有一些秘密是需要保守的。因此,我不想说任何我不该说的话。

"那是谁?"

"你不认识他。他就是那个请我保护安吉莉卡的朋友。"

"他能让爸爸的遗体被掘出来?"

201

"是的,如果我强烈要求,他能做到。但我需要知道你要这样做的详细原因,米基。我可以毫不犹豫为你做任何事情。但我不能让我朋友也这样做。你明白吗?"

我点点头。我们坐在厨房里的餐桌边。过去五年来,厨房不断得到翻新。不过,这仍旧是我爸爸儿时就有的厨房。爸爸和家人在这里度过了无数个小时。尽管这个念头只在我脑子里短暂闪过,但仍旧让我心潮起伏。

"我不确定爸爸是否在那座坟墓里。"

米隆伯伯张开嘴,又把嘴闭上,然后再次张开嘴。"我不明白你的意思。"

"我知道这听上去很荒唐,"我说,"但我需要确切地知道,那只棺材里的人是爸爸。"

米隆连续眨了两次眼睛。"你有任何理由相信他不在里面吗?"

我不知道该如何回答。我不能细说沙色头发急救员的事。一方面,米隆永远不会相信。即使他相信,蝙蝠女人和光头男人都警告过我不能告诉他。我还知道,我父亲从来没向米隆说过阿贝欧纳的事。那一定是有原因的,对吗?

"米基?"

我锁定他的目光。"是的,"我说,"我有一个理由。"

米隆的下一个问题大大出乎我的预料。"这与蝙蝠女人家那场大火有关吗?"

"你为什么会那样想?"我问。

"我告诉过你。你爸爸去过那座房子。那件事让他彻底改变。现在,你又突然被它吸引。"米隆向我凑近一点,"你见过蝙蝠女人吗?"

"是的。"我脱口而出。

"她对你说了什么?"

我摇摇头，想起警告。"拜托，米隆。请你的朋友帮帮我们吧。"
"我得知道更多的信息。"
"你就不能相信我吗？"
"这不是问题的关键。你知道的。"

我无言以对。幸好米隆的电话嗡嗡响了。他查看短信，叹息一声，说："是安吉莉卡。我必须走了。我们回头再说这事，好吗？"
"好吧。"

他站起身，低头看着我，仿佛第一次见到我一般。"米基？"
"嗯。"
"我会和我朋友谈。我会尽最大努力帮你。"

第三十六章

我闻到了蝙蝠女人被烧成断垣残壁的房子的焦味。

现在是晚上八点,不太迟。夜幕已经降临。我带着一支电筒。但此刻,我站在人行道上,街灯的光足够亮。只有几根木头柱子还立在那里,像巨大的手指直指夜空。

"嗨。"

我转头看去。是伊玛。"嗨。你怎么躲过奈尔斯的?"

"你不是开玩笑吧?我有朋友了,他高兴还来不及呢。不瞒你说,是他把我推出大门的。"

我笑了,回想起下午我们奇妙的拥抱,试图厘清自己的感觉。伊玛是我的朋友。我最好的朋友。那种势不可挡的温暖感由此而来,对吗?

我们慢慢向房子走去。我一直没开电筒,因为我不想让邻居看到。我们在犯罪现场隔离胶带边停下脚步。伊玛转向我,耸耸肩,猫腰从胶带下钻过去。我跟着她走上前门廊台阶,走进房子。地板上到处都是瓦砾。

"这是起居室。"我对她说。

现在光线已经很暗。我仍然不想用电筒,但我估计手机的光足以照明。伊玛和我的想法一样。

"这是什么?"她问。

相框已经破裂，但我立即就认出来了，是那张褪色的彩色嬉皮士照片。

"这个……"伊玛指着中间那个穿紧身T恤的漂亮女人说。女人胸口有阿贝欧纳蝴蝶。

"对，"我说，"我觉得这就是蝙蝠女人。"

"哇哦。她还有点迷人呢。"

"转换话题。"我说。伊玛笑了。我想拈着相框两边把它捡起来，但它马上散架了。我将照片轻轻抽出，放进衣袋里。说不定哪天会用到它。

那台旧唱机已经被毁坏。转盘上没有唱片，我设法找到了甲壳虫、海滩男孩和谁人乐队的唱片。不过，我很怀疑它们已经不能再播放。我寻找蝙蝠女人好像总在放的那张唱片——马力乐队《守望的模样》——但它好像已被完全烧毁，或者……

或者什么？

"我们要去车库吗？"伊玛问。

我摇摇头。那是我们原来的计划。我们去车库，设法进去，看看能不能找到地道。我以前走过那条地道。它从车库通往我们脚下的地下室，通到厨房和起居室之间的一道门前。但那道门现在已经荡然无存。既然车库锁着，我们反其道而行之——从起居室开始，下到地下室，看看它会把我们带去哪里。这样会不会更简单，而且更有收获？

可是，地下室的门和大部分厨房都没了踪影。我回想房子失火前的布局，向印象中地下室门所在的地方移动脚步。二楼和屋顶的碎片已经坍塌在门上。我拔出一块胶合板，开始从瓦砾中挖出一个缺口。伊玛加入进来。

我们默默劳动，移开瓦砾，小心地把它们搬到一边。当我暂停下来时，突然想到我们正在破坏犯罪现场。我反正已经惹上许多麻烦。

可伊玛呢?

"我们应该停下来。"我说。

"呃?"

"我们正在破坏犯罪现场。"

"你不是开玩笑的吧?"

伊玛继续挖。

"我是认真的,"我说,"这样做不对。"

"你还没给我说沃特斯调查员的事呢。"

伊玛这是想声东击西,但我理解。"他对我很生气。"

"为什么生气呀?"

"他让我别管这一切。"

"是不是因为我们猜中了蕾切尔父亲的事?"伊玛问。

"是的。"

"哇哦。"

"还记得我给你说的吗,我刚刚离开,两个街头混混就去和考德威尔先生说过话。"

"他们是什么人?"

"沃特斯调查员有张那个疤脸的照片。他说那个人很危险。"

"那他们一定是毒品贩子。"

"至少是坏人。"

"而你看到蕾切尔的爸爸对他们很友好。"

"是的。"

"因此,我们仍旧相信蕾切尔发现了可以给她爸爸定罪的东西,可能会有一包东西,可以佐证她妈妈指控她爸爸的事情?"

"是的,"我说着重新弯腰搬动瓦砾。我边搬边想:蕾切尔是怎样处理那包东西的呢?她爸爸发现包裹不见时,是否大发雷霆呢?

疤脸又会怎样?

伊玛停止挖掘。"米基?"

我暂时抛开那些想法,循着她的声音看去。瓦砾不见了。我看到了向下通往地下室的台阶。我俯下身,拿出电筒,往那个洞里照去。

没看到多少东西。

"我要下去,"我说,"我一个人。"

"你在我面前表现男子气概时最可爱,"伊玛说,"不过没门。我也要下去。"

"可能不够牢固。可能塌陷。"

伊玛看上去好像有人——我猜就是我——在她肚子上打了一拳。"你以为我会把地板踩塌?"

"什么?当然不是。你听我说,我需要你为我望风。"

她还是不高兴。"你说什么?"

"有人可能会来。你帮我望风。"我扳着她的肩膀,让她仰头看着我,"拜托了。就这一次。为了我,好吗?"

"就这一次什么?"

"别故意捣乱。我只是不想让你受伤。就这么简单。"

她眼里的泪水令我心碎。但她泪眼汪汪地点点头。"好吧,你去吧。我为你——"她擦擦眼睛,冲我摆摆手指——"望风。"

我没敢多等,以免她改变主意。我疾步走下台阶,走进那个黑洞中。现在,我已经远离别人的视线,于是打开电筒,慢慢往下走。

"你看到什么了吗?"伊玛从上面小声喊道。

"暂时没有。"

不出所料,地下室很脏,布满灰尘,看上去年代久远。到处都是生锈的管子、碎玻璃和旧的纸板箱,也不知道里面都装了些什么。角落里有蜘蛛网,地板上有泥巴。那泥巴可能是大火之后潮湿的烟灰,但也可能更早之前就在这里了。车库应该在我左后方,那里可能就是进入地道的门所在的位置。

找到了。

"米基?"

"我找到地道门了。"

"等等我。"

"不行。别下来。"

那门是用某种强化钢做成的。我记得上次和光头一起来时的情景。地道里还有其他门和通道,但他不让我往那些地方走。我抓住门把手。门是锁上的。我用力握住门把手,摇晃起来。

"门锁着。"我说。

"那现在怎么办?"伊玛问,"嗯,别着急。我下来了。"

伊玛从台阶上走下来。我把手电筒向她的方向照过去。就在这时,我看到它了。我停下,将手电光收回来,照着地上那个点,目不转睛地看着它。伊玛走到我背后。

"那是什么?"

我没说话。

"我看看,"伊玛说,"这是阿什莉的照片吧?"

我点点头。是阿什莉的照片。她就是蕾切尔、勺子、伊玛和我冒着生命危险去救的女孩。

"这就是你在楼上看到的照片?"伊玛问。

我呆呆地点点头。

"这么说,她的照片没被烧毁。"

"是的。"我说。

"你什么意思呀?你说过,你在楼上看到过这张照片,还有成千上万张其他照片,对吗?"

"对。"

"但现在它却在这下面,没被大火烧毁。"伊玛说。

"是的。"

"你怎么老说'是的'呀?"

"楼上有成千上万张照片。但只有一张穿越残垣断壁,飘进地下室,不偏不倚落在地道门前的地板上?"

这时伊玛脸上也露出怀疑的表情。

"没有任何照片能完成这样的旅程,"我说,"这张却做到了,而照片上的人恰恰是我们救过的女孩,你觉得这是巧合吗?"

伊玛紧张地吞了下口水,说:"你有更好的解释吗?"

"当然。"我说。

"什么?"

一阵寒意掠过我全身。"有人特地把这张照片留给我们。"

"为什么会有人这样做?"

我捡起阿什莉的照片,把它翻过来。背面有一只翅膀上有动物眼睛的蝴蝶。阿贝欧纳蝴蝶。它看上去像我看到过的其他蝴蝶,但这只的颜色稍有不同。

它的眼睛是紫色的,和蕾切尔病房门上那只很像。

突然间,那个想法向我袭来,像波浪打上沙滩一般。"噢,天啦。"我说。

"什么?"

"我知道蕾切尔的包裹藏在哪里了。"

第三十七章

勺子是这样接电话的:"这里是勺子中心。"

"你在干什么?"我问。

"我和爸爸在看《欢乐合唱团第三季》(Glee)大结局。这是我们第四次看了。你看过吗?"

"没有。"

"很感人。"

"我相信。"

"别担心。我有它的DVD,你可以借去看。你知道丽亚·米雪儿(Lea Michele)是《春之觉醒》(Spring Awakening)中温达(Wendla)的第一个扮演者吗?"

"是吗,太棒了。听着,勺子,你能出来吗?"

"出来?你的意思是,嗯,离开家?"

"是的。"

"你的意思是,嗯,现在?"

我叹息一声。伊玛走在我旁边。我们已经回到街上,正往卡塞尔顿高中走。"是的,我的意思是现在。"

"我的行动自由仍然受限,你还记得吗?为什么要现在出来,出什么事了?"

"我们得打开阿什莉的储物柜。"我说。

"啊?"勺子说,"我早就知道有问题。"

"什么有问题?"

"阿什莉的储物柜。上面有一把Sevier牌密码锁。"

"你的意思是?"

"我的意思是,学校只发Master锁。如果有新学生接管阿什莉的储物柜,他们会用Master锁。学校绝对不允许谁私自用Sevier锁。"

我看着照片。勺子的话再次证明了我的猜测。一定是蝙蝠女人或光头男人,或者阿贝欧纳庇护会的其他什么高层人物将照片留在地下室的。这个举动传递出的信息显而易见:

帮助蕾切尔。

这就是我们目前的任务。忘记大火。别再去找蝙蝠女人和光头。我们的第一个任务是救阿什莉。现在,我们得去救蕾切尔。

"这集演完后,我的睡觉时间就到了,"勺子说,"我会喝杯热牛奶,爬上床,关上灯,然后从窗户爬出去。你觉得如何?"

"听上去不错。"我说。

"也许我还得塞几只枕头在毯子下,让床看上去像我还在的样子。你觉得这是个好主意吗?"

"随你的便,勺子。"

"好吧,马上就快演完了。我们还是在上次碰头那道门会面。"

然后,我又想到另一件事。"等等。"我说。

"什么?"

伊玛迷惑不解地看着我。我将怎样解释这件事呢?勺子还是个孩子。对,我们都是孩子,但他好像更年幼。此刻,他正在家里和爸爸一起看《欢乐合唱团》。我不能让他到这里来,再次非法闯进学校。

我正要让勺子别来了,乖乖喝他的热牛奶,乖乖躺到舒适的床上时,又想起别的事情。勺子也是独立的人,他可以自己做出决定。他不是告诉过我他被抓过两次吗?也许他并不那么天真,也许我不该表现得像个过度保护的大哥哥。

再者,上次勺子尽管违反了规定,但他救了伊玛的命。

"有什么问题吗,米基?"勺子问。

我紧紧捏着电话,不知如何是好。我不想让他再惹上麻烦,但我们又需要他。"没有任何问题。回头见。"

我挂断电话。伊玛和我缩在学校侧门边。比夜晚的学校更空旷更没生气的地方寥寥无几。勺子赶到时,已经夜里九点多。

"把这些戴上,"勺子说,"遮住脸。"

他说着把面罩递给伊玛和我,自己留了一个。但这些不是你可能会想象到的滑雪面罩。

"这些是……"我开口问。

"是的,《狮子王》面罩,"勺子说,"伊玛,我给你的是木法沙。我本来想给你彭彭的,但它是只疣猪,我猜你会杀了我。"

伊玛皱着眉头看着自己手里的面罩,说:"你猜得没错。"

"米基,那你当彭彭吧。我是——"他套上自己那张面罩——"丁满。明白了吧?丁满和彭彭。无忧无虑。快,把你们的也戴上。既实用又好玩。"

我没动。

勺子掀起自己的面罩,皱起眉头。"里面有监控摄像头。如果出意外,我不想让任何人认出我们。"

我看着伊玛。她耸耸肩。勺子说得没错。

勺子重新把他的面罩戴好。现在,他成了一只笑嘻嘻的猫鼬。"米基,你太高了,所以应该猫下腰。实际上,我们都应该改变自己的步态。伊玛,你最好别像平时那样昂首阔步,而是应该快速转动或者……"

"快速转动?"

"或者用其他方式。这样他们就认不出你了。"

"我才不会快速转动呢。"伊玛说。

"或者用其他方式。"

"我也不用其他方式。"

"我想有面罩就够了。"我说。

勺子耸耸肩。"随你们的便。"

我们向学校大门走去。勺子刷了一下他的钥匙卡。我听到咔嗒一声,门开了。我望向伊玛,想看看她是否有信心,但我看到的不是她的脸,而是木法沙的。嗯,木法沙看上去信心满满。因此,我跟在勺子身后走进校门。

"这里没有录音设备。"勺子说。他用的是他的正常声音,不是戏剧般的低语声,甚至不是正常的"室内"声音。但在寂静的走道上,这声音听上去很刺耳,回声很响。"每一条走廊上都有监控摄像头,是从上往下拍的。但我们都戴着面罩,这关系不大。"

他向右走去。我们跟上。

"那是纳尔逊老师的教室。你们知道爸爸给我说过什么吗?她把她的旧内衣和袜子都放在办公桌里。不是性感的那种。我的意思是,你们见过纳尔逊老师吗?不可思议,对吧?但爸爸说她收藏的袜子简直令人惊讶。各种颜色和式样。你们想看看她的袜子收藏品吗?"

"不想。"我说。

"好吧。教室门从来不锁。好像是为了消防需要之类的。当然,一级防范禁闭期时除外。你们知道那是什么吗?嗯,每个教室里老师的办公桌下都有一个紧急按钮。如果出现校园枪击案或者类似的紧急情况,引发恐慌,学校就会进入一级防范禁闭期。很酷,是不是?"

幸好,我们已经来到阿什莉的储物柜前。勺子查看那把锁。"对,不出我所料。Sevier密码锁。"他摇摇头，"可鄙，真的。"

"你有开锁的钥匙吗？"

丁满看着我。这感觉真怪，看着自己的朋友时，看到的却是其他人的笑脸。"没有，当然没有。这不是学校规定使用的锁。"

"那我们怎么办？"伊玛问。

勺子拿出一根拆轮胎棒，把它伸进锁圈里，用力转动起来。锁应声而开，仿佛是瓷器一般。

"搞定！"勺子说。

与此同时，我听到了一个声音。我僵在那里。"你们听到了吗？"我悄悄问。

"听到什么？"勺子——丁满说。

我看向伊玛、木法沙，盯着她的面罩，仿佛能那样从她脸上看出些什么。"伊玛？"

"快点。"

勺子清理掉锁的残骸。然后，他退后一步，示意我上前去。我伸出手，抓住金属门闩，将它提起，打开储物柜，向里面看去。

里面有个运动包。

我把它拉出来，放到地上。我们三个围上去，透过面罩低头看着它。我弯下腰，抓住拉锁，将拉链拉开。声音在寂静的走道上回响，听上去像巨大的撕裂声。一时间，我们谁也没说话，都愣愣地低头看着。

然后，勺子说："我的天啦。"

我注意到的第一样东西是钱——一卷卷现钞，用橡皮筋扎到一起。说不清有多少。伊玛伸手拿起一卷，捻动手指翻看那些本杰明·富兰克林的头像。

"都是百元大钞。"伊玛说。

"你们知道吗,"勺子说,"本杰明·富兰克林是游泳健将?"

"别打岔,勺子。"

然后,伊玛将几卷钞票移动到一边,我们看到了那些装满白色粉末的塑料袋。

"你们觉得这些是毒品吗?"勺子问。

"我觉得它们不是婴儿奶粉。"我回答。

"我们得把这个交给警察。"伊玛说。

勺子直起身。"你不是在开玩笑吧?"

"不是。"

"我们刚刚非法闯进学校,"勺子说,声音中有一丝怒气,"我们还非法打开这个储物柜。你知道我们已经惹上多少麻烦吗?"

"他说得有道理。"我说。

"而且,谁会相信我们是刚刚发现它的呢?"勺子继续说,还激动地挥舞着手臂,"万一他们认为我们是毒贩子呢。你们知道的,我已经被抓过一次。他们会把我关进大房子的。"

"大房子?"伊玛重复道。

"监狱、牢房、号子、大牢、少管所——"

"别说了,勺子。"我说。

"我们不能告诉任何人我们发现了这个,"勺子继续固执地说,"你们就想不明白吗?想象一下,我这样一块美味的肉在监狱里会是什么情景。"

"你放松,"我说,"没有人会进监狱。"

"就算他们真的相信我们,"勺子继续说,"就算我们说出真相,他们相信我们,一切都会追溯到蕾切尔身上。她该怎样解释这一切?"

一阵沉默。甚至伊玛也知道,他说得有道理。

"我们得想想。"我说。

"而且要赶快。"勺子补充说。

"我们也不能一走了之,"伊玛说,"我们现在已经知道这是怎么回事了。蕾切尔的妈妈责骂她爸爸是坏人。蕾切尔展开调查,发现这个包,把它藏在这里,还联系了阿贝欧纳庇护会,对吗?"

我点点头,回忆起我和光头的对话。他以为蕾切尔可能把这个包给我了。但她没有。我以前不知道蕾切尔为什么没告诉我这件事,但现在我明白了。她妈妈是因为这个包被杀的。蕾切尔自己也中了枪。如果她告诉我包在哪里,那她也会让我陷入危险之中。

"与此同时,"伊玛继续说,"蕾切尔的爸爸或者那些坏人正在纳闷,不知道这包去哪里了。他们认定是蕾切尔把它拿走了……"

"不,"我说,"他们可能以为是蕾切尔的妈妈拿的。"

"对。所以,他们向她下手。接下来发生的事,我们都知道了。"

"她死了。"

勺子说:"我们快走吧。我们先把包放回去,再想想该怎么办。"

"这也不行,"我说,"锁已经坏掉。我们不能把它留在一个没锁上的储物柜里。"

"那怎么办?"伊玛问。

"把它给我们。"

这个粗鲁的声音惊得我一跳。我转身看去。我在蕾切尔家看到过的加大马力的车里那两个人就在眼前。两人都拿着枪。沃特斯调查官警告过我不要接近的疤脸说:"都不许动。举起手来。"

"但如果我们不能动,"勺子开口道,"我们怎么把手举起来呢?"

疤脸把枪口指向勺子的胸口。"你想在我面前耍嘴皮子吗?"

"不,不,没事,"我用我能装出的最镇定声音说,"我们正在照你们说的办。这里你们说了算。"

"当然是我说了算,"疤脸说着把注意力转到我身上,"现在,摘下你们那愚蠢的面罩。"

勺子说："但如果我们不能动——"

"勺子。"我打断他的话。我向他摇摇头，示意他把嘴闭上。我们都摘下面罩，扔到地板上。

疤脸把枪放进衣袋里，但他的搭档依旧随时准备开枪。那家伙是个大块头。他在黑暗中也戴着太阳镜，遮住了我在那脸上看到过的那种最空洞的表情。他看上去就像一个百无聊赖的冷酷杀手，仿佛随时会向我们开枪。我一点没有夸张。我不知道该做什么或者说什么。因此，我暂时保持沉默。

疤脸向运动包走过来，弯下腰，向包里看去。

"都在那里吗？"太阳镜问。

"好像在，"疤脸说。他直起身，咧嘴笑着对我说，"米基，谢谢你帮我们找到我们的东西。"

"你怎么知道我的名字？"我问。

"其实很简单。我们猜到是蕾切尔或者她妈从她爸那里把我们的小包裹拿走了。因此，我们弄到了她的通话记录。那天'砰、砰'之前，她刚给你打过电话。所以，我们估计，嗯，也许是你，她的男朋友，帮她把东西藏起来了。因此，我们开始跟踪你。轻而易举，对吧？"

简单地说，这些话并不吓人。

"对，"我说，"你已经拿到你们的东西，现在可以走了。"

疤脸咧嘴冲着太阳镜傻笑。太阳镜的嘴角抽动了一下。我不喜欢他这个动作。

疤脸重新把包拉上。"我们跟着你们到了那座被烧毁的老房子。有那么一会儿，我们还以为她也许把东西放在那里，东西已经被烧掉。如果那样，就太太太糟糕了。"

"但事情不是那样的，"我说，并悄悄把身子站直了一点，"你们的东西一直都在这里。现在，它们重新属于你们了。"

"当然，"疤脸说，"这我知道。但还有一个问题。"

我紧张地吞了下口水。我心中那颗小小的恐惧之石开始膨胀，让我呼吸困难起来。"什么问题？"

"就是你们。你们看到了我们的脸。"

"我们什么都不会说的。"伊玛说。

疤脸又把注意力转到她身上。他往伊玛身边走去时，我想迈步插到他们中间，但他狠狠瞪了我一眼。我不喜欢他那眼神。那双眼里闪着凶光。我的恐惧感不断上升。这家伙是那种以伤害别人为乐，从来不会理智行事的人。

"你以为我会相信你吗，甜妞？"疤脸问。现在他的脸离伊玛的脸只有几英寸远。伊玛看上去好像马上就要哭了，"你以为我们会放你走？"

"我的手臂举酸了，"勺子说，"我能把它们放下了吗？"

疤脸立马转向他。"我让你别动。"

"嗯，是的，你是说过。但你已经让我们动过两次了，一次是把手举起来，一次是摘下面罩。"勺子说着向右边挪动脚步，"所以，你所谓的'别动'究竟是指什么呀？好像更像一条行动指南，而不是硬性规定。你明白我的意思吗？我的手臂真的很酸。因此，我希望——"

然后，勺子做出了意想不到的举动。

就在大家的注意力都被他这些听上去好像胡言乱语的话吸引过去时，他突然向太阳镜跳过去。这个动作惊呆了每个人，包括我在内。

我接下来知道的事情是，那支枪响了。勺子扑倒在地，鲜血流出来。

第三十八章

　　一时间,谁也没动。但那只是非常短暂的一瞬。
　　我之所以说非常短暂的一瞬,是因为在现实中,这更像一道闪电,一股旋风,一晃而过,却将永远被凝固在我心中。你经历过这样的一瞬吗,比打个响指的时间更短,却让你终生难忘?时间仿佛真正停止。我现在还记得一切。我记得枪声。我记得勺子倒下。我记得伊玛的尖叫声。我还记得勺子躺在地上,他胸口衬衫上那团红色慢慢扩大,他的脸失去血色,他的眼睛慢慢闭上。
　　我永远不会忘记这一切。
　　甚至在那一瞬间,在那不可能长过半秒的瞬间,我也清楚地感觉到,一股沉重的负罪感从我全身掠过。
　　这是我造成的。我让勺子中了枪。
　　但是,尽管我心力交瘁惊慌失措,我接受过的武术训练仍旧立即发挥出作用。我心中的某处突然变得异常镇定。我不能让勺子白白牺牲。勺子尽管外表看上去那么不成熟,他却什么都明白。他意识到,这两个人要杀我们,有人必须采取行动,有人必须做点什么,即使这意味着牺牲自己。
　　勺子成功地分散了他们的注意力。我可以站在这里哭泣。
　　我也可以趁机行动。
　　接下来发生的事情可以说是怒火总爆发,仿佛上百件事情在很长一段时间内逐一发生。但我现在回忆起来,从勺子中弹到一切结束,其实只用了几秒时间。

首先,我们全部立即行动,仿佛有人突然让我们从暂停状态进入疯狂飓风状态。我是反应最快的。尽管可能遇到疤脸的阻截,我仍旧不顾一切地向太阳镜和他的枪扑去。伊玛跪到地上照顾勺子。疤脸转向我。太阳镜将枪口转到我的方向。

我离他太远。

但我动作够快。我完全能战胜他们。但我离太阳镜仍然有好几码远,不等我冲到他身边,他已经再次扣动扳机。我估摸着胜算机会。我可以期望他打偏,但那种机会很渺茫。我这个靶子太大。

那我该怎么办?

首先,我必须让自己成为不那么容易被打中的目标。因此,当太阳镜再次扣动扳机时,我突然往左跳去,撞向疤脸。子弹从我身边呼啸而过。现在,我把疤脸的身体牢牢控制在子弹弹道和我之间。疤脸没料到会受到那样的袭击。我们向后倒下时,我把前臂移动到他喉咙上。我们倒地时,我用前臂狠命压住他的脖子。他的眼睛鼓起,喉咙里发出哽咽声。

我就那样死死压住他。

当然,如果一切就这样结束,如果我只需对付疤脸,我现在还是个非常开心的人。但事情并非如此。他甚至不是我最担心的。我最担心的是太阳镜。他已经从我出其不意的举动中回过神来,正举着枪向我们冲过来。

我只能在疤脸身体后面躲这么久,而我说的"这么久",也许只是"多一秒"。

太阳镜虎视眈眈地站在我们上方,用枪指着我。我从地上飞起一脚,踢中他的小腿。他咒骂一声,缩起小腿,后退一步,再次向我瞄准。

完蛋了，我意识到。我无法行动。一切都完了。

疤脸已经趁机从我手下滚开，正在咳嗽，试图缓过气来。他暂时不构成威胁，但那其实不重要。等他缓过来时，我已经死了。太阳镜微微调整方向，让枪管正对我的胸膛。我想举手投降，但知道那也无济于事。我再次凝视太阳镜狰狞的微笑，以为这将是我在世时看到的最后一幕。就在这时，我听到一声尖叫。

是伊玛。

她已经扑到太阳镜背上，她的冲力将太阳镜撞得直往前扑。他奋力站稳脚跟，但身体有些摇晃。伊玛用胳膊紧紧箍住他的脖子，用尽全力勒起来。我毫不犹豫滚向疤脸，再次将前臂往他喉咙上压去。他的喉结塌陷下去，但没有碎掉。

太阳镜想用他空着的手把伊玛的手臂扯开。但伊玛比他想象的强壮得多。他把枪举向她，仿佛想把她从自己背上打下来。伊玛早有准备。她将右胳膊从他脖子上拿开，用力劈向他拿枪的手。

枪掉到地上。

我的机会到了！

我向枪扑去。但太阳镜不会善罢甘休。我刚要抓到枪时，他用右脚向枪踢去。枪顺着刚刚打过蜡的过道地板向前滑去。没时间去拿枪了。疤脸已经重新缓过气。他也有支枪。

太阳镜奋力扭动身体，试图摆脱伊玛，但她毫不示弱。然后，他踉跄后退，"咚"地将伊玛压到储物柜上。接着，他再来一次，这次用力更猛，还用后脑勺撞击伊玛的脸。他成功了。伊玛的手臂渐渐松开。她滑到地上，头晕目眩。太阳镜转身看着她。接着，他听到我的叫声，又转向我。伊玛趁机滚进一个教室，避开危险。

与此同时，疤脸再次蠢蠢欲动。他还有一支枪。

我转身向他扑过去。但他这次有所防备。他翻过身来，踢出一只脚，正好踢中我腹部的太阳神经丛。我体内的气喷涌而出。但就在我往地上倒去时，我还抡起胳膊，用力将它打出。正中目标——疤脸的鼻子。我听到嘎吱一声，知道那个鼻子断了。

我还没从地上站起来，太阳镜已经向我发起反击。他用力踢向我的肋骨。我重新倒下。他再踢一脚。我呻吟起来。他又飞起一脚，我的脑袋开始眩晕。我无助地躺在地上，觉得自己马上就要呕吐。

接下来的一踢，将我所剩无几的力气全部踢飞。

我正要失去知觉，准备投降时，我的目光从疤脸身上掠过，落到勺子身上。他的眼睛仍然闭着，脸色惨白。鲜血正从一个触目惊心的伤口中往外涌。我不知道他是死是活，但如果我就这样让他流血至死，我就是个大混蛋。

我必须做点什么，而且突然清晰地知道该怎么做了。

必须夺过疤脸的枪。

那枪就在他裤子的后袋里。如果我能伸手……

太阳镜看出我想干什么。他低头向我狞笑，抬起脚，准备再次向我踢来。这一脚完全可能置我于死地，可是，空气中骤然响起警报声。

"一级防范禁闭！"高音喇叭中一个声音反复喊道，"一级防范禁闭……一级防范禁闭！"

是伊玛！她滚进教室原来是为了这个——按下勺子给我们讲过的紧急按钮。这正是我需要的。我最后呻吟一声，伸出手，一把抓住疤脸裤袋里的枪，用力往外拉。但那枪就是不出来。太阳镜回过头，收起脚，准备再次向我踢来，但没能踢出。

我抽出枪，指向他。"不准动！"

太阳镜停止动作，慢慢把双手放到脑后。我一直用枪指着他，慢慢爬开，尽可能爬到离疤脸够远的地方。

高音喇叭中还在喊:"一级防范禁闭……一级防范禁闭……"

伊玛重新跑进走道,在勺子身边跪下。

"勺子?亚瑟?"她的声音里带着祈求的哭腔。她抱着勺子的头,"和我说话,好吗?你说话呀?"

她哭起来。我也哭了。但勺子纹丝不动。

我听到警笛声由远而近,转头去看疤脸和太阳镜。我心里其实有点希望他们动,因为我想向他们开枪,为他们所做的事情惩罚他们。

他们一定看出了我的脸色,明白我想做什么,所以都没敢动。

我望向伊玛。"勺子他……"

"我不知道,米基。我不知道。"

第三十九章

我不知道过去了多少小时。

警察赶到后，立即将我包围，让我把枪放下。我遵命。其他的事我依稀记得。太阳镜和疤脸被铐走了。急救员冲到勺子身边。伊玛依旧坐在那里，抱着他的头，徒劳地想止住出血。我也向他身边冲去，因为有那么一刻，非常短暂的一瞬，我担心有个急救员是把我爸爸带走的那个沙色头发急救员，生怕他把勺子从这里推走，让我再也见不到勺子。

"米基，你做了些什么？"

我知道，这个声音是从我内心深处发出的。我受到过警告，不是吗？沃特斯调查员明确无误地告诉过我，不要卷入这件事。但我没听他的话。让我自己的生命陷入危险是一回事，但瞧瞧我都对勺子做了些什么。

我永远不会原谅自己。

我不知道来了多少警察。我只记得一长排应急车辆，闪烁的车灯灯光划破夜空。接下来的几个小时里——我不知道有几小时——我回答各种问题。我自己也反复询问同一个问题。

他怎么样？

但他们就是不告诉我勺子的情况。

大多数时候，我都说了实话。但当他们问道"你们是怎样进入学校的"时，我撒谎说："是我强行将那道门打开的。"

"孩子，"那警察用非常严肃的声音说，"擅闯学校是你朋友的问题中最轻的。"

几名警官进进出出，其中有泰勒警长，甚至还有沃特斯调查员。警官们看上去既生气又高兴。他们生气的是，我们愚蠢地让勺子受了枪伤；他们高兴的是，我们帮着抓住了考德威尔太太和蕾切尔枪击案的凶手。那两个罪大恶极的罪犯已经被逮捕，将在监狱里度过很长时间。学校的监控录像将说明一切，他们用的枪是.38口径史密斯威森，与枪击考德威尔太太和蕾切尔的枪是同一种。

我也不知道是在什么时候，米隆伯伯出现了。他扮演了惊慌失措的监护人和律师的双重角色。他首先立即告诉我什么也别向警察说。但我向他摆摆手。警察需要知道信息。因此，米隆只好坐在我身边，也听我说。

最后一位审问我的人是沃特斯调查员。他问完后，我说："这对你的案子有帮助吗？"

"什么案子？"

"考德威尔先生的。他是毒品贩子，对吗？"

沃特斯调查员先看看米隆，又看看我。"这与你无关。"

"你要逮捕他吗？"

"以什么罪名？"

我盯着他。"我刚刚给你说了。那个运动包里的东西——"

"东西怎么啦？"

"是从他家里来的。"

"你有任何证据吗？我们怎样才能证明这些东西属于亨利·考德威尔？也许你们把包放回原处，向我们报告，我们就能采取一些措施。但现在……"

他摇摇头,走出门去。

伊玛和我在医院候诊室里碰面时,太阳已经出来了。米隆伯伯和安吉莉卡·怀亚特曾想带我们回家,但我们坚持要来陪着勺子。我们都坐在候诊室里。伊玛和我挤在一个角落里。安吉莉卡·怀亚特戴着一副很大的太阳镜,头上包着大围巾。她和米隆没有过来打扰我们。

"太可怕了。"伊玛对我说。

"是的。"

由于哭泣和疲惫,她的眼睛红红的。我估计自己看上去和她差不多。

"他会好的。"我说。

"他最好快快好起来,"伊玛说,"不然我会杀了他。"

几分钟后,我们看到一个瘦瘦的黑女人僵尸般晃动到候诊室里。她的脸色比我们的差多了。她是勺子的妈妈。我们从不认识,但我开车送勺子回家时,看到过她拥抱儿子。她满脸写满崩溃,眼神空洞茫然,酷似你有时会在战争纪录片中看到的那种千里凝视神情。

我看着伊玛。她深吸一口气,点点头。我们同时站起身,向勺子的妈妈走过去。但我们好像永远走不到她身边,仿佛我们越往前走,她离我们越远。

当我们终于走到她面前时,斯平德尔太太低着头。我们不知道说什么才好,只好站在那里等着。片刻之后,她抬起头,看着我。当她认出我时,一道阴影从她脸上掠过。

"你就是米基吧,"她说,"你是伊玛。"

我们俩急忙点头。

"你们在这里干什么?"

"我们只是想知道勺子——我是说亚瑟——的情况。"

她看看伊玛,又看看我。"他……他不好。"

我的心仿佛悬在长长的楼梯顶端，现在被人推了下来。

"他已经出了手术室，但医生……医生也不知道会怎样。"

"有什么我们可以……"我哽咽着说，但我没能把话说完。眼泪涌上我的眼眶。

勺子的妈妈说："我真不明白，你们怎么那么晚还在学校。"

"都是我的错。"我含着眼泪说。

伊玛正要补充，但我轻轻推了一下她的胳膊。

我又看到那道阴影从斯平德尔太太脸上掠过。然后，她说了一句出乎我的意料，但我完全罪有应得的话："唉，我知道是你的错。"

我紧紧闭上眼睛。她的话像重锤一样，字字落在我身上。

"我一个星期前才听到你的名字。现在亚瑟满嘴说的都是你。他要每个人都开始叫他'勺子'。他说是他的新朋友给他取的绰号。"

我的心已经在最后一节楼梯上摔成碎片。现在，一只穿着沉重靴子的脚又在上面踏上一脚。

"你是亚瑟的朋友，"她继续说，"也许是他四年级以来第一位真正的朋友。你可能不知道你对我儿子的意义有多大。他敬仰你。他崇拜你。可你是怎样回报他的呢？你利用他。你利用他打开那个愚蠢的储物柜。现在你看看。"她厌恶地把头转开。"但愿里面的东西对你有价值。"

我张开嘴，又闭上，又张开。但我能说什么呢？

"我想，"斯平德尔太太说，"你们两个还是走吧。"

"不行。"

我向声音传来的方向看去，认出那是斯平德尔先生，勺子的爸爸。

她抬头看着丈夫，等着。

"亚瑟刚刚醒过来，"斯平德尔先生说着转头迎上我的目光，"他一定要和米基说话。"

第四十章

病房里到处都是管子、机器，嗡嗡声不断。帘子拉着，消毒剂的气味扑鼻而来。监视器闪着绿灯。但我什么都没看见。走进病房后，我只看到我的朋友躺在这些可怕东西中间。

勺子躺在那张床上，看上去是那么小，像只受伤的鸟儿，又小又弱。

斯平德尔太太的声音还在我耳朵里回响：唉，我知道是你的错。

医生是个高个女人，头发梳向脑后。她把一只手放在我肩膀上。"通常，我是绝不会允许的。但他非常生气。你要尽快把话说完，让他保持镇定。"

我点点头，慢慢向床边走去。我的腿在颤抖。我一度停下脚步，因为我的眼泪又出来了。我转过身，咬紧嘴唇，让自己保持足够镇静。让勺子看到我情绪异常对他不利。我知道，为了让他保持镇定，我自己必须镇定。

走到床边后，我真想把他抱起来，带他回家，让时光回到昨天。这一切都错了，我的朋友不该躺在医院里。

"米基？"

勺子好像突然想动。他看上去很难过。我弯下腰，凑到他身边。"我在这里。"

他举起手，我握住他的手。他挣扎着想说话。

"嘘,"我说,"快快好起来,好吗?"

他虚弱地摇摇头。我把耳朵凑到他嘴边。过了一会儿,他终于吃力地说:"蕾切尔仍然有危险。"

"不,勺子。你救了我们大家。事情过去了。"

勺子的脸绷紧了。"不,不是的。你们不能坐在这里,什么也不做。你们必须去救她。你们不能停止,一定要查清真相。"

"别激动,好吗?向她开枪的就是那两个人。他们已经被关起来了。"

我看到一滴眼泪从他眼里滑落出来。"不是他们。"

"当然是。"

"不是,你听我说。快离开这里,出去帮助她。向我保证。"

勺子越来越激动。医生冲过来对我说:"到此为止吧。你去候诊室里等着。"

她又在往勺子的静脉注射管里加什么。我猜是镇静剂。我想放开勺子的手。但他把我抓得更紧了。

"勺子,一切都会好的。"

护士也到床边来了。他们想让他镇定,想把我拉开。

"她是在她家房子里中枪的。"勺子吃力地说。

"我知道,勺子。没事了。别激动。"

但是,他胳膊里好像突然重新充满力气。他拼命把我拉近他身边。"你说过,他们问你哪座房子是蕾切尔家的。记得吗?你第一次在街上见到他们时?"

"是的,怎么啦?"

医生已经加完药水。效果即刻显现。勺子的手变得无力起来。我正要把手抽出来,但是——

那是考德威尔家的房子吗?

——疤脸的声音重新在我脑海里响起。勺子抬头看着我,吃力地问出了我也在自问的问题:

"如果那些家伙已经去过那座房子,他们为什么还要问你房子在哪里?"

第四十一章

勺子说得对。

我被推出病房。斯平德尔夫妇都在走廊里。他们从我身边疾步走进病房。几分钟后,勺子重新安静下来。我好像听到一名护士说他的腿不能动了。但我立即把那个念头抛到脑后。我无法接受这样的结果。至少现在不能。

我回到候诊室,一把抓住伊玛,把她拉向一边。我们找到一个远离电视的角落。

"怎么回事?"伊玛问,"他还好吧?"

我飞快向她转述勺子说过的话:如果太阳镜和疤脸杀害蕾切尔的妈妈时已经去过她家,他们为什么要问我哪座房子是她家的?

"我也不知道,也许他们只是在逗你玩?"伊玛说。

我皱皱眉头。"逗我玩?"

"恶作剧。"

"'那是考德威尔家的房子吗?'"我模仿疤脸说,"这听上去像恶作剧吗?"

"不知道。也许他们第一次去时,天是黑的。"

"因此?"

"因此他们也许不确定白天那座房子的方位。"

我的眉头皱得更紧了。

"蹩脚的解释,对吗?"她说。

"非常蹩脚,"我说,"那座房子有道大门。如果你之前曾设法进去杀两个人,你还会记不住那房子的位置?"

伊玛慢慢点着头,渐渐明白了。"我们再想想。首先他们为什么要进去杀她们?假设这两个人是想把那个运动包拿回去,那为了得到信息,他们是不是应该打她们?把她们杀了有什么好处?"

"说得对,"我补充道,"如果他们去那里只是为了拿回那个包,他们是不是应该把那地方翻个底朝天?他们显然想把钱和毒品拿回去。那为什么不搜查房子?为什么要杀死两个能为他们提供信息的人?"

官方的结论越来越没有说服力了。

"还有……"我说。

"还有什么?"

"为什么我看到他们去那座房子时,考德威尔先生对他们那样友好?我的意思是说,他应该知道他们刚刚杀了他前妻,险些杀了他女儿,对吗?"

"对,"她摇着头,"我们还必须考虑另一种可能性。"

"什么?"

"我们把这事从头再想一遍,好吗?蕾切尔的爸爸是毒品贩子。为了保护自己,他宁可将前妻锁起来几年。现在她回来了。蕾切尔选择相信妈妈,偷走他的现金和毒品。"

她打住话头。我也没说话。答案就在我们面前,但我们都不想把它说出来。

"他不会对自己的女儿开枪。"我说。

"你确定?"

"我就是不相信他会。"

"那个人还用枪指着你呢。"

"那是为了保护他女儿。他为女儿担心。"

我们都沉思片刻。

"可能是意外。"伊玛说。

"怎么会?"

"你想想整个事情。蕾切尔的爸爸发现他的钱和毒品不见了。他回到家,惊讶地发现前妻也在。他们争吵起来。他掏出枪,也许他们还搏斗过。然后蕾切尔出现。也许他是误伤了蕾切尔。"

有道理。但……"还有一件事。"我说。

"什么?"

"泰勒警长是怎么回事?"我问,"他为什么老是围着考德威尔·蕾切尔转?为什么老是担心蕾切尔说起枪击案的事?他第一个出现在现场仅仅是巧合吗?"

"等等,"伊玛急切地竖起手掌,冲我做了两个暂停手势,"是的,我们与他还有特洛伊都有矛盾,但你不是在暗示说……"

"我没有暗示什么。但勺子说得对。我们必须离开这里。我们必须查清向蕾切尔开枪的人是谁。否则,我们都有危险。"

第四十二章

回家的路上，米隆伯伯一直保持沉默。我以为他会问一大堆问题，发表长篇大论，但因为审问过程中他一直坐在我身边，也许觉得已经没什么需要再问的了。

到现在为止，我已经超过二十四小时没睡觉。倦意势不可挡地袭来，让我浑身沉重。米隆伯伯停下车，说："你是在帮朋友。"

这更像一个陈述句，不像问句，所以我没说什么。

"我明白了，"米隆继续说，"这种救人的需要，我猜是遗传的。"

我不知道他的意思是否是说，这点是从他那里，或者我爸爸那里传承下来的。抑或是从他们俩那里传承下来的。

"你觉得你在做好事。我也明白。但你如果打破平衡……"

我等了一会儿。然后，我说："嗯，那你认为，人们都应该往后退，任由事情发展？"

"不是。"

"那你的意思是什么？"

"也许什么也不是，"米隆伯伯说，"也许我只是想让你明白，你想做的事情并不容易。这不是黑与白那么简单的问题。"他在驾驶座上动了动身子。"假如一个摇晃的架子上有许多小塑像。"

我皱起眉头。"小塑像？"

"听我说完，好吗？如果一个小塑像翻倒，开始往下掉，你应该轻轻伸出手,尽量把它抓住。但如果你用力过猛,愚笨地扑过去抓它,你可能碰掉更多的小塑像。你也许能救下第一个小塑像,却会打坏更多。"

他看着我。我看着他。然后我说:"但我有一个问题。"

米隆严肃地说:"什么问题?"

"你说的小塑像,是不是大头娃娃不倒翁,或者奶奶非常喜欢的那些怪怪的小喜姆娃娃?"

他叹息一声。"我猜,我那是自讨苦吃,对吗?"

"是的,因为我觉得,我不会想去救其中的任何一个,"我说,"它们讨厌死了。"

米隆大笑起来。"好吧,好吧。"

"别告诉奶奶,好吗?"

"聪明的家伙。"

我们下车,走进房子。我正要向地下室走去时,米隆问了我最后一个问题:"这一切是否都和蝙蝠女人有关?与你想掘开你爸爸的坟墓有关?"

他问得好,也得到了我诚实的回答:"不知道。"

回到地下室后,我倒在床上。我必须暂时把勺子从脑子里屏蔽出去。如果我老是想到他躺在医院里的样子,我会变傻的。勺子强忍痛苦,要求见我,只因为一个原因:他不想让我们退缩。他想让我们查清向蕾切尔开枪的人是谁。尽管我现在只想蜷缩成一团,什么都不做,但我必须尊重他的这个要求。

那下一步该怎么办?

我的手机响了。当我看到来电人的姓名是蕾切尔时,一骨碌坐起来,按下绿色接听键,把电话贴到耳朵上。她听上去心烦意乱、怒不可遏。"你怎么能那样对待我?"

"蕾切尔?"

"我家到处都是警察。"

"他们是不是在问你那个运动包的事情?"

"他们想问,但我爸爸不让他们和我说话。你为什么要对我这样,米基?你为什么就不能别管这事呢?"

"我们只是想帮忙。我们想——"

"你知道什么呀?"她打断我的话,"我不想听。我打电话给你,是因为我想知道勺子的情况。"

我又想到了勺子妈妈脸上的表情。我能忘掉吗?"我也不清楚。我只知道他情况危急。"

"可怜的孩子。"

"我们只是想帮着查清谁是凶手。"

"谁让你们查的?"

我不想再为自己辩护,直截了当地说:"你知道答案,蕾切尔。"

她的确知道。是阿贝欧纳庇护会。

"这件事情与我们大家都有关。你本来可以相信我们的。你可以告诉我们,你相信你妈妈,把那个运动包藏起来了。"

"我是想保护你。"她说。

"我也想保护你,"我说着想到了米隆那个愚蠢的小塑像比喻,"可你看结果怎样呢?"

电话那头一阵沉默。

"你去向阿贝欧纳庇护会寻求帮助了,是吗?"我问。

"是的。但蝙蝠女人让我别管这事,"蕾切尔回答说,"她以为我能做到,我能忘掉爸爸对妈妈做过的事情,忘记他把妈妈锁起来那么多年。因此,我把运动包藏进那个储物柜。也许,我只是为了争取些时间,以便说服他们相信这事对我的重要性。但我把事情搞砸了,米基。我没把事情做好。那两个人向我妈妈下手。"

"不是的。"我说。

"什么不是？"

"他们没有杀你妈妈。"

"你在说什么呀？泰勒警长在这里。他说这个案子已经结案了。"

又是泰勒警长。

"他还说了别的什么？"

"他告诉我们说，他们的枪就是杀人凶器。他说弹道测试也将表明结果吻合。"

"也将表明？"我说。

"是的。"

"他怎么会知道将来的测试结果？"

"因为这是显而易见的。"

"不是他们干的，蕾切尔。勺子已经推论出来了。不管是谁杀了你妈妈，那家伙还逍遥法外。"

"不可能。"

我开始向他解释官方结论的所有漏洞。她默默听着。我说完之后，她用平静得惊人的声音问道："你觉得向我们开枪的人是我爸爸？"

"不知道。我的意思是，那可能是一次意外。"

"我还是不明白。有人从屋子那边向我开枪。但我妈妈是被枪顶着脑袋打死的。那怎么可能是意外？"

我想起伊玛的推论，大着胆子缓慢地说："也许，你妈妈是被故意杀害的，但你是意外受伤。"

我们都陷入沉默。但我总觉得有什么地方不对劲。蕾切尔是被屋子那边飞来的子弹打中的，她妈妈却是被离她脑袋很近的枪打死的。当然，这也讲得通。凶手就在蕾切尔妈妈身边……

237

可我为什么总觉得有什么地方不对劲呢？

"米基？"

"嗯？"

"我爱我爸爸。"

"我知道。"

"他永远不会向我开枪，但是……"

"但是什么？"

"但是他和泰勒警长是好朋友，"她说，"他们俩最近的行为都很令人怀疑。"

我把电话抓得更紧一点。考德威尔先生是泰勒警长的朋友，而且不知何故，泰勒还是第一个到达现场的人。这非常巧。

我越来越不喜欢这种状况。

"我想，我们应该和警察谈谈。"

"和他们谈什么？"蕾切尔说，"我们还是孩子。我们根本没有任何证据。而且任何一名警察都会第一时间告诉泰勒的。"

她说得有道理。"但我仍然觉得这是我们最好的选择。"

"不，不是的，"蕾切尔说，她的声音高起来，仿佛有个开关被打开了，"米基？"

"什么？"

"你会不会害怕惹上更多麻烦？"她问，"因为我有一个主意。"

第四十三章

我和蕾切尔讲完电话后，给伊玛打电话，把计划告诉她。我很想把最新情况告诉勺子。可是，首先，我不知道该给谁打电话；其二，我不想被分心。勺子已经说得很清楚：我没有什么可以为他做的。我必须全力以赴查清真相。

将蕾切尔的主意付诸行动前，我有八个小时。这是我非常需要的停工时间。我的身体已经被全部透支，急需睡眠和食物补充能量。食物一如既往地占了上风。我上楼去厨房时，米隆伯伯正在看电视新闻。

"需要我帮你做个三明治或者其他什么吗？"他问。

"不用，我自己来。"

我打开冰箱。米隆伯伯刚刚买了火鸡、奶酪、生菜、西红柿和潜艇三明治卷。棒极了。我也许只用了四十秒钟，就做好了三明治。我抓起一瓶冰水，正往地下室走，电视上的一个画面让我立马停下脚步，僵在那里。

米隆看到了，不解地问："米基？"

我目不转睛地盯着屏幕，没理会他。米隆不出声了。

播音员打着一条绿得太艳的领带，他正在用他最擅长的"异常严肃"声音说："一个悲痛的纪念日即将到来。明天上午，将有一个纪念迪伦·谢克的活动。二十五年前，年仅九岁的小迪伦在学校操场上被绑架，从此杳无音讯。"

我看着屏幕上的照片，心里想，噢，不。不可能……

"小迪伦的故事曾经引起国际关注。他的照片被粘贴在牛奶车上。各地展开调查，从东海岸到西海岸，甚至在欧洲。警方当时还严肃地审问过他的父亲。但威廉·谢克从未因此案被拘捕。警方曾在附近的林地里发现小迪伦的血。但这么多年过去之后，尸体一直没找到。所以此案仍然是个未解之谜。"

电视屏幕上还在展现着那张九岁迪伦·谢克的照片。小迪伦一头卷发，眼神忧伤。在蝙蝠女人楼上的走道里，我见到过他的照片——准确地说，就是屏幕上这张照片。还有另一张迪伦的照片，是后来的某个时候，他失踪之后拍的，在蝙蝠女人的床头柜上。

屏幕上，女播音员摇摇头，说："肯，这真是个悲惨的故事。"

"当然，黛安。这么多年过去之后，依旧没有任何线索。我们也许永远不会知道小迪伦·谢克究竟发生了什么事。"

但他错了。因为现在，再次看到这张照片，我什么都明白了。

第四十四章

睡觉结束。

那个眼神忧伤、卷曲头发的男孩迪伦·谢克一直在我梦里。他曾出现在牛奶车和新闻报道中。我记得第一次在蝙蝠女人家走道里看到照片上的那张脸时，我就觉得似曾相识，原来如此。当时我还以为，也许是这些年老是看到失踪孩子报道的缘故。但我现在开始怀疑了。

我在网上查了有关我们昨晚发生事情的报道。也许因为我们都不是什么大人物，所以消息很少。当地新闻网站卡塞尔顿补丁网上有一则，是泰勒警长在新闻发布会上的视屏，宣布逮捕布莱恩·塔特和埃米尔·罗梅罗，两个臭名昭著的毒贩子，罪名是谋杀考德威尔太太和枪击她女儿。两名罪犯都有袭击他人和持枪抢劫的前科。警长明确宣布，他们已经有"确凿无误的物证"证明太阳镜和疤脸有罪。泰勒警长还强调说，谋杀案正式结案。

我做了个鬼脸。泰勒警长好像过于着急，想尽快平息这件事，对吗？

下午六点，蕾切尔、伊玛和我在购物中心附近的考文垂路碰面。我开始还以为我们都无法从家里溜出来。但大家都成功了。安吉莉卡·怀亚特今天在拍重头戏，即使推迟一天，电影公司也会损失250万美元。这让我们摆脱了安吉莉卡·怀亚特和米隆伯伯。至于蕾切尔，自从她爸爸宣布她将不再接受任何权利机构的问询之后，也就没什么人再去打扰她了。

我感觉蕾切尔家没有多少人监管她。

"好吧,"蕾切尔说,"我们需要把计划再说一遍吗?"

"我觉得不用了,"伊玛说,"我们在门边等着,直到你把门打开。然后我们溜进去。很简单,你觉得呢,米基?"

她们两个都看着我。我皱皱眉头。"我仍然不喜欢这个计划。"

蕾切尔说:"为什么?我觉得很完美。"

一丝滑稽的表情从伊玛脸上掠过。她明白了。但在这件事上,这不是好现象。"好吧,米基,问题在哪里?"

"我不想再有人受伤。"我说。

这个理由我自己听上去都觉得很牵强,从蕾切尔和伊玛脸上的表情判断,她们也不相信我的话。

蕾切尔的计划是这样的:她和特洛伊·泰勒恋爱的时候——我想吐——她得知泰勒警长把全部重要的警局档案放在自己家里。那样的档案不多。卡塞尔顿不是严重伤害罪高发区——至少不久之前还不是。但蕾切尔知道,他把他的全部档案都放在厨房旁边的家庭办公室里。不过,笨蛋特洛伊也在他俩刚刚"相好"时向她解释过——我又想吐——任何人都不得进入他爸爸的办公室,包括家人。

那我们的计划是什么?蕾切尔已经给特洛伊打过电话,问她是否可以去他家坐坐。特洛伊巴不得和她"重归于好"——我再次想吐——不过蕾切尔已经反复强调说,他们的关系其实"没什么特别",只是"非常普通的交往"。

当她说出后面这句话后,我说:"如果只是非常普通的交往,你怎么会如此熟悉他家的布局?"

伊玛在我脚上重重踩了一下。我不知道她是想让我闭嘴,还是不满意我在意蕾切尔的事。我猜两者都有。

算了，还是说计划吧。蕾切尔进去和特洛伊"把事情说清楚"——我还有必要再次呕吐吗？她会要求使用洗手间，然后趁机溜进厨房，为我们打开后门。伊玛和我接着溜进泰勒警长的办公室。然后，蕾切尔继续"缠住"特洛伊，我和伊玛快速查看警长的重要档案，看看能找到哪些与考德威尔枪击案有关的资料。

好吧，最后一次呕吐。"你说的'缠住'是什么意思呀？"我是这样问的。结果脚背又被伊玛重重踩了一下。

那我们究竟想在泰勒警长的档案中找什么呢？我也不知道。

十分钟后，我们目送蕾切尔向大门走去。她按下泰勒家的门铃，然后迷人地用手把长发拂到耳后。有人可能会说这是"整理头发"，但她这个动作总是让我口干舌燥。我听到身边的伊玛叹息一声。

泰勒打开大门，挺着胸脯，像只大公鸡。我的双手不由自主地握成拳头。特洛伊邀请蕾切尔进去，并随手关上门。

"我们走。"伊玛小声说。

我们从他家隔壁绕到他家后院。其实，我心里很喜欢蕾切尔这个主意，很开心能翻看泰勒警长的档案，弄清楚他究竟想做什么。因为我知道，我相信，他在掩盖什么事情。

我只是不喜欢蕾切尔单独和特洛伊一起。

伊玛和我躲在后门边的一丛灌木后。我知道，我们都在想着勺子。但我们也都知道，此刻不能分心。除了查清是谁向蕾切尔开枪以外，我们没有什么可以为她做的。

所以，现在我们必须全力以赴。

我又想到迪伦·谢克失踪25周年纪念活动。我还没给伊玛说这件事，因为必须先处理其他事情。那件事可以稍后再说。但阿贝欧纳庇护会越来越可疑。首先是那张处理过的屠夫罗兹照片。现在又是眼神忧伤的男孩照片。

不过现在也不能去想那些。后门那里有声响——门闩被拉开了。

"准备好了吗?"伊玛问。

我点点头。我们已经商定,一旦进入房子,除非遇到紧急情况,否则都不能说话,甚至不能耳语。伊玛负责在办公室门边望风。如果特洛伊向我们走来,或者有其他人回家来,她立即通知我。我负责搜查泰勒警长的办公桌。

我的手刚刚碰到门把手,我突然想到另一个问题。我应该戴手套的。但现在我已经别无选择。不过,谁会去做粉尘指纹取样呢?我们又不想偷东西。如果我们被当场抓获,也就没人还会需要去寻找其他物证了。

我转动门把手,然后推门。门"吱呀"一声。声音很大,吓得我目瞪口呆。接着,我听到了蕾切尔咯咯咯的笑声。真讨厌。

"啊呀,特洛伊!"蕾切尔用高得不自然、甜得腻人的声音说,"太搞笑了!"

我厌恶地做了个鬼脸,仿佛刚刚有人向我吹了一口恶臭的臭气。

蕾切尔又笑了几声。不是哈哈大笑,而是咯咯傻笑。我承认,蕾切尔的迷人程度好像突然降低了。然后,我又想起她这是在演戏,是创意表演,是为了掩护我们进入房子。于是,她又重新变得更加迷人。

伊玛和我溜进厨房,并随手关上门。蕾切尔已经告诉我们,泰勒警长的办公室在我们进去后的左手边。我踮起脚尖向那个方向走。办公室的门大开着,我径直走进去。伊玛转身靠到厨房墙上。从那里,她可以看到后门,办公室门和通往娱乐室的走道。蕾切尔和特洛伊·泰勒正在娱乐室里嬉笑打闹。

泰勒警长办公室里摆满了各种奖杯、奖章和奖状,都是执法部门颁发的。有两个奖杯是青铜色手枪造型,是射击奖。厉害。还有很多照片,是泰勒警长执教过的各种棒球、篮球和橄榄球队的照片。对面墙上，是他自己运动生涯中获得的各种证书和奖状，包括被命名为橄榄球全州明星队队员和……

哇噻。

我情不自禁地走近去，想仔细看看。那是二十四年前参加"州锦标赛"的卡塞尔顿高中篮球队合影。前排中间手里拿着篮球的是队长埃迪·泰勒和米隆·博利塔。对，就是米隆伯伯。照片上，两个现在的对手看上去非常友好。后来出了什么问题呢？

但那不是我现在关心的事情。

我在泰勒警长办公桌前坐下，又担心了一会儿指纹问题。不过没时间了。我看到一个装满档案的篮子。我正要伸手去拿一份档案，就听到蕾切尔的声音从另一个房间里传来。"特洛伊，别这样。"

我心里顿时怒火直冒。我想站起来，到那个房间去，但想想又没动。我能做什么，突然冲进去？再者，听上去蕾切尔好像把局面控制得很好。如果她需要我帮助，她会喊的，对吗？

我不喜欢这样，但这是她的计划的一部分。如果我现在到那里去，她可能会杀了我。还是赶快完成手头的任务要紧。

我拿到的第一个文件夹很轻。我看看右上角的标签纸。上面只写着三个单词：诺拉·考德威尔——谋杀案。

就是它。如此轻而易举就找到了正确的档案，我觉得纯属运气好。不过话又说回来，考德威尔谋杀案本来也是本镇最大的案子。相关档案当然会放在最显眼的地方，对吗？

伊玛伸头看看我。我冲她竖起大拇指，打开档案。是纸质档案——老派作风。

最上面的纸上写着：弹道测试报告。日期是当天。

报告有三栏，一栏是枪A的（向勺子开枪那一支），一栏是枪B的（疤脸身上那支枪），另一栏是枪C的（向考德威尔太太和蕾切尔开火那支枪）。有许多科学数据，比如标本类型、设计序列、武器类型、射弹重量、子弹/射弹类型、冲击速度、冲击能量等等。这些对我都没用。因此我直接去看结论：枪A和枪B都与枪C不吻合。

哇哦。如果我没理解错——这结论好像不那么难理解——枪A和枪B都不是谋杀考德威尔太太的凶器。

这太棒了。

真的吗？

尽管这个报告可能是给太阳镜和疤脸免罪的最佳物证，但并不证明他们就是无辜的。除非你从没看过电视剧，否则你就知道，如果你持枪犯罪，之后的最佳选择是把凶器处理掉。这才是最符合逻辑的结论，对吗？太阳镜或者疤脸只需简单地用一只新枪换掉谋杀用的那只即可。

可是，泰勒警长没在新闻发布会上提到这个测试结论。事实上，他的说法正好相反。他说，他们有确凿的物证证明，那两个家伙就是谋杀诺拉·考德威尔的凶手，可以将他们绳之以法。

但是，如果弹道测试结果不符，那其他的"物证"会是什么呢？或者，他在说谎？这份报告不是复印件，是原件。为什么它会在泰勒警长的私人办公室里？

特洛伊的声音从娱乐室里传来："我去拿点喝的来。"

我顿时僵在那里。

蕾切尔说："不用了。我不渴。"

我听到沙发吱呀一声，好像特洛伊站起来了。"我马上就回来，宝贝。"

宝贝？

"特洛伊？"蕾切尔的声音听上去风情万种。其实我并不清楚"风情万种"的具体含义。

"嗯？"

"现在请不要离开我。"

噢，天啦。我必须加快速度。

我快速翻看着剩下的几页，直到看见标题为医学检查报告那一页。顶上的姓名是诺拉·考德威尔。报告上有两幅人体图，是从背后拍的。我依旧没去看那些繁杂的科学数据。根据报告结论，死因是头部被子弹严重创伤。这我已经知道。检验师根据"燃烧痕迹"判断出那是"接触性枪伤"——也就是说，枪管是被顶在受害者头上的。蕾切尔也给我说过这点。我对此仍然有疑惑。

但我的疑惑是什么呢？

我试图在脑子里想象谋杀情景。凶手溜进考德威尔家的娱乐室，用枪管顶住考德威尔太太的脑袋，将她打死。蕾切尔听到枪声，跑进房间。凶手举起枪，向她瞄准……

等等。我知道问题在哪里了。

蕾切尔没说过她听到了枪声。她只说她听到很大的声音，所以跑下楼，跑进娱乐室。她说的不是枪声。是声音。

我听到外面有声响，向窗外看去。一辆警车刚刚开上车道。

噢，不。

我望向伊玛。她示意我赶快。我示意她先出去。她点点头，消失了。我再次望向窗外。泰勒警长已经下车，走上房前的便道。他看上去心烦意乱。

我听到特洛伊说："倒霉。我老爸回来了。"

我急忙站起身，最后看了一眼档案。就在这时，我看到了用黄色荧光笔标示出来的几个字：手上有枪击残留物。哇哦。我大着胆子又往窗外看了一眼。此时，泰勒警长已经走下房前的便道，向……

……向后门走来！

我的天啦！我被困住了。

我急忙在他办公室里寻找藏身处。但一个也没发现。我只好伏下身子，偷偷往窗外看。泰勒警长马上就要转过屋角。我没有机会从这里出去了。也许，他进来时我可以从窗口翻出去。我试着打开窗子，但发现它是封死的。

看来我只有硬冲了。难道还有别的选择？

就在我失去所有希望之时，正门突然打开。"泰勒警长！"

是蕾切尔。

"嗨，泰勒警长，是我。"

蕾切尔又开始卖弄风情了。那声音令人不可思议地难受。但泰勒警长停下脚步，转向她。"嗨，蕾切尔。"

"我能，呃，和你说句话吗？"

她说着走进前院。泰勒看上去举棋不定。他向通往后院的路望了一眼，叹息一声，然后转身向蕾切尔走去。

"什么事？"泰勒问。

我立即行动。

我转身疾步走出办公室，穿过厨房，跑出后门，向院里的树林冲去。伊玛事先已经定好会面地点。她正在那里等我。

我刚刚跑到她面前，就意识到两件事。

第一，我知道杀害考德威尔太太和向蕾切尔开枪的人是谁了。

第二，我没把泰勒警长办公桌上的谋杀档案袋关上。

第四十五章

我们没等蕾切尔从泰勒家脱身出来。她是大女孩,能自己想出办法。再者,我和她再次会面前,还有事情要做。

"怎么样?"伊玛问,"你发现什么了吗?"

"我必须先仔细想想。"

伊玛摇摇头。"你知道你说这样的话时有多令人讨厌吗?我这话是认真的。"

"是的,"我说,"我猜我知道。"

"那就一边告诉我一边想吧。"

我真的不想那样。不过,我还是用最浅显的语言将看到的一切对她"实话实说"。她的手机嗡嗡响起。她低头看着显示屏。"是我妈妈。"

我仍然感觉怪怪的——她的"妈妈"竟然是全世界最有魅力的女人之一。

伊玛叹息一声,接起电话。说了好多次"妈妈,我很好"之后,她才把电话挂断。然后,她转向我,说:"你伯伯和她在一起。他们都想让我们马上回家。"

我没问题。我反正也想独自待会儿。我想把这事从头到尾好好想想,考虑好下一步行动。不过,最重要的是,我想让伊玛到一个安全的地方去,离我远远的。我已经让一个朋友受了枪伤。我绝对不能再将一个朋友置于危险之中。

因此，伊玛和我各自回家。回家途中，我仍旧沉浸在自己的思绪中。我已经知道考德威尔家发生过什么。至少知道大部分。不过，我仍然无法将一切联系起来。我知道，要得到我需要的答案，办法只有一个。但那将让我自己陷入更多的危险。我也不能那样做。在大胆勇敢和愚蠢牺牲之间，只有一条很细的界限。我可不想去弄清那条线究竟有多细。

但我有什么选择呢？

我回到家后，径直走进地下室，给蕾切尔发短信：你出来了吗？

蕾切尔回复：刚刚离开特洛伊家。

好。我甚至没回复她。我知道她现在还没到家，所以赶快拨通她家的电话。就在这时，我听到大门开了，米隆走进来。"米基？"

我用手遮住电话。"马上。"我喊道。

铃响三声时，一个男人接起电话，说："哈罗？"

"考德威尔先生，我是米基·博利塔。"

"噢，你好，米基。蕾切尔这会儿不在家。"

"我不找她。"

"噢？"

"我知道你前妻和女儿发生的事情了。"

他的声音突然奇怪地紧张起来。"那你应该立即告诉警方。"

"你的意思是说，泰勒警长？"

"当然。"

"嗯，当然，我猜是应该告诉他。但我们俩都知道，他会掩盖事实。"

电话那头沉默片刻。我能听到考德威尔先生的呼吸声。

"米基，你究竟想说什么呀？"

"我们得当面谈谈。"我说。

"那就到我家来吧。"

"我想在其他地方见面。你打篮球吗,考德威尔先生?"

"你问得真奇怪。"

"我们在镇中心的室外篮球场见面吧,"我说,"嗯,穿上篮球服、短裤和T恤。"

"为什么?"

"因为这次,"我说,"我得确信你没带武器。"

第四十六章

蕾切尔一直给我打电话,我一直没接。

从大约一百码外的一棵树后,我看到考德威尔先生开着宝马车过来了。篮球场的灯亮着,但现在没人打球。他从车里钻出来,手里抱着一个篮球。我猜他是为了让我放心。他按照我的要求穿着短球裤和T恤。尽管他这副打扮仍然可能藏匿武器,但我表示怀疑。

我们在中场会面。亨利·考德威尔看上去精疲力竭,眼袋很重。他的头发稀稀拉拉的,仿佛一阵强风都能将它们从他头上吹走。

"米基,你想做什么呀?"

我此刻仿佛正站在跳水板上,准备一头跳下去。"你前妻被杀时,你就在现场。我想知道究竟发生了什么。"

他看着手里的篮球。"你怎么知道我在现场?"

"蕾切尔说她听到声音了,男声女声都有。一个是你。一个是你前妻。"

我们就那样站在那里,球场中间,他拿着一个篮球。我可能离他只有四五英寸远。他抬起头,用他那双深色眼睛看着我。"你身上有电线吗,米基?"

"电线?"

"是的。我的意思是说,有别人在听我们说话吗?你是否在录音?把衬衫撩起来。"

我撩起衬衫，让他看到我身上没有话筒或者录音设备。

"你的手机呢？"他问。

呃。"手机怎么啦？"

"有些人把手机一直开着，这样电话那头的其他人就能听到我们的对话。"

我从衣袋里拿出手机，同时悄悄按下"END（结束）"键。然后，我把手机递给他。考德威尔先生看看显示屏。我不知道他是否看到了他女儿发给我的全部短信，还有我没接听的电话。不过即使他看到了，他也没说什么。他只是把后盖取下，拿出电池，又把手机还给我。

"开始说吧。"他说。

"嗯，考德威尔先生，我看到警方的报告了。"

"你是怎样看到的？"

"那其实不重要。"

"你闯进泰勒警长家了？"

"考德威尔先生……"

"回答我。"

"你前妻手上有枪击残留物。"我说。

"你说什么？"

"枪击残留物。那意味着扣动扳机的人是她。"

他顿时面无血色。

"你说什么？你疯了吗？"他咆哮道。不是怒吼，是咆哮。但那声音听上去很假，好像他是在念稿子。"是那两个混蛋开的枪。"

我摇摇头。"不，先生，是你前妻！"

他张开嘴想再说点什么，但什么也没说出来。他的肩膀耷拉下去；他的眼睑看上去是那样沉重。

"你前妻是自杀的。"我说。

泪水渐渐模糊他的双眼。当他低下头去时，我看到一辆警车慢慢从他身后开过来。我的心跳开始加快。

"那是泰勒警长吗？"我问。

"是的。"

"你给他打电话了？"

"你没把办公桌上的档案关上。他自己猜到的。"

我紧张得嘴里发干。

"米基，你还忘记了一件事。"

"什么？"

"如果蕾切尔的妈妈是自杀的，向蕾切尔开枪的是谁呢？"

终于说到这个话题。我知道，最后只有一个答案是正确的。我们的目光相遇。我看到了他眼里的痛苦。我已不再有任何疑虑。考德威尔先生就在现场。他亲眼看到自己的女儿中弹。

但是，他不是开枪的人。

"是你的前妻，"我耳语般地说，"向你女儿开枪的是你前妻。"

他没说什么。他也不用说什么了。

"我也不知道具体是怎么回事。蕾切尔发现了你的运动包，把它藏起来。她告诉她妈妈说，她知道真相了，她相信她。你回家后发现你的包不见了。你很生气，和前妻争执起来。蕾切尔听到的就是你们的争吵声。然后，你前妻突然拿出一支枪。蕾切尔冲进房间。这是我一直没想明白的地方。如果蕾切尔先中枪，你前妻绝不可能一动不动地站在那里，等着凶手把枪顶在她脑袋上，向她开火。"

"那也许诺拉先中弹。"他说，但他的声音没有一点说服力。

"不是的，先生。蕾切尔很清楚。她没有听到枪声。她听到争吵声，跑下楼，冲进房间，看到你前妻拿着枪。我不知道具体怎么回事。我猜,她一定被吓坏了。也可能你前妻想朝你开枪,但手抖了。不管怎样,她打中了自己的女儿。蕾切尔倒在地上。你前妻无法相信自己所做的事,失去控制。而她手里仍旧拿着那支枪……"

我打住话头。泰勒警长已经把车停下,但一直没从车里出来。

"我说得对吗?"我问。

"基本正确。"他说。他深深吸了几口气。"不过诺拉并没有向我开枪而没打中。是的,她掏出枪,她向我所在的方向瞄准。但蕾切尔进来时,她……她立即转身扣动扳机。就那样。我看到鲜血喷出,看到蕾切尔向地上倒去。"他闭上眼睛,竭力让自己平静下来。"我向女儿跑去,试图帮她止血。我甚至没去看诺拉。然后,我听到枪又响了。我转过头……我后来才想到,我当时并不吃惊。诺拉一直深受自杀倾向的困扰。现在,她误杀了自己的女儿。我相信,她一定以为蕾切尔已经死了。"

泰勒警长从车里出来,向我们走过来。

我权衡利弊,不知道该拔腿就跑还是原地不动。我什么都知道了。我知道向蕾切尔开枪的是谁。我已经知道真相。泰勒警长对此会作何反应呢?

"有人知道我在这里,"我说,"他们都知道这件事了。"

"米基,我不这样想。我不认为你有时间告诉任何人。不过这已经不重要了。"考德威尔先生抬起头,泪眼蒙眬地看着我。"我们就谈到这里吧?"

"马上就完,"我说,"你女儿受伤。你妻子自杀。你却没有立即拨打911报警,对吗?"

"是的,"他说,"我没有。"

"你给泰勒警长打电话。"

"是的。"

"所以他第一个赶到现场。所以你们掩盖真相,想把这事定案为入室行窃。"

我没指望他会承认这点。但考德威尔先生又深深地吸了一口气,然后说:"是的。"

"你害怕人们知道你的真相,知道你是毒品贩子。"

"不是的。"

泰勒警长走上前来,说:"嗨,米基。"

我没理他,继续看着考德威尔先生的眼睛。"你什么意思呀,难道不是?"

"我的意思是说,你错了。我不担心人们知道我的事情。如果这一切都是为了保护我,你觉得泰勒警长会同意帮忙吗?"

"他收了你的钱。"我说。

我看到泰勒警长眼里闪出怒火。但我没有退缩。他说:"你以为我是坏人?"

"埃迪,别生气。"考德威尔说。

"你听到他刚才说的话了吗?"

"站在他的角度,这是可以理解的。别激动。他还没明白。"

泰勒怒视着我。

他说得对。我不明白。"你们两个在打什么哑谜?"

"米基,我不是毒品贩子。"

"我也不是受贿警察。"泰勒补充说。

然后,当我们三个都站在球场上时,我突然明白了真相。实际上,仔细想想,也许我们三个还没到这里碰面时,我已经知道真相。我安排这次会面,却没告诉蕾切尔,也没回复她不断发来的短信,这是有原因的。我潜意识里——也或许是有意识地——不想让她也知道真相。

"你掩盖真相,是为了保护蕾切尔。"我说。

泰勒低下头。"我不喜欢你这种说法。掩盖真相。"

考德威尔先生走到泰勒前面,说:"米基,你是否注意过蕾切尔手臂上的烧伤伤疤?"

"注意过。"

"你知道那是怎么回事吗?"

我摇摇头。

"是她妈妈用熨斗给她烫的。"

我不知道该说什么。我望向泰勒警长。他已经把头抬起来。

"事实上,那是最后一根稻草。蕾切尔的妈妈已经精神失常多年。我尽可能长时间容忍她。"他用力眨着眼睛,"我爱过诺拉。我们相识时……"他的声音越来越小。"但那个病毁了她的一切。你如果得了心脏病,你还可以有理智。但如果你脑子坏了,唉,你就会变得无法理喻。我矛盾了很长时间。朋友们都警告过我。就连埃迪也警告过我。他们都能看出诺拉已经崩溃,不正常。我四处求助,但她的状况越来越糟糕。然后,有一天,诺拉在幻觉中看到小虫子咬她女儿,抓起滚烫的蒸汽熨斗就去杀虫子。"

我紧张地吞了一下口水。"蕾切尔还记得吗?"

"也许记得。我也不知道。她也许故意把它忘了。不管怎么说,我不敢再冒险。所以,我终于将诺拉送走了。她不想走,但我们请了律师安排一切。那是我生活中最艰难的决定。我和很多医生谈过。他们都同意我的做法。她对她自己和我们的孩子都是个危险。"

我感觉心都跳到了嗓子眼里。可怜的蕾切尔。

考德威尔先生冲我笑笑,但那笑容里没有一点欢乐。"我想告诉蕾切尔。我想向她解释。但她还太小。也许她现在也还太小。有时她能明白,有时却不能。我可能应该多陪陪她,不应该那么快再婚。我也不知道,也许那样会有所帮助。不过现在已经不重要了。一年年就这么过去。然后,蕾切尔开始需要一个人。一个英雄。一个可以无条件爱她的人。"

"比如她妈妈?"我说。

"是的。"

"而且蕾切尔还想相信她妈妈没有问题?"

"当然。"考德威尔先生说。

"因此,蕾切尔帮着她妈妈从医院里出来,还帮她终止了药物治疗。她把妈妈带回家,还说服她妈妈相信她自己没病。"

"但讽刺的是,诺拉有病,"考德威尔先生说,"而且病得很严重。你能看出如果蕾切尔知道真相,知道她妈妈向她开枪,然后自杀,她会怎样吗?你能想象蕾切尔会有多内疚吗?内疚把妈妈带回家,内疚帮她终止药物治疗。她永远不可能忘记这件事。她会自责一辈子。"

我的确能看出。

"不过,"我说,"蕾切尔的确找到了你藏起来的毒品,的确发现了那些钱。"

"是的。"

"这么说来,也许那就是诱发疾病,或者至少是加重疾病的原因。你是毒品贩子。"

"不是的。"考德威尔先生说。

泰勒叹息一声。"他在为我们工作。或者,更确切地说,是为县警局某个你认识的人工作。"

我想了想,答案明白无误。"沃特斯调查员?"

"这是件很棘手的事,"考德威尔先生说,"我是卧底。那些毒品是用作诱饵,缉拿布莱恩·塔特和埃米尔·罗梅罗的。"

我听到远处响起紧急事故汽笛声。

"我必须走了。"泰勒警长说。他又看着我。"你会说出去吗?"

我没回答。我本来以为泰勒是可耻的双料混蛋。现在,我明白了。他做了所做的事——掩盖真相,都是为了保护蕾切尔。

火警警报再次响起。泰勒又看看我。我向他点点头。他点头回应。我们之间达成无言的默契。

考德威尔先生向我走近一点。"我知道你和警长有隔阂,但埃迪做这些都是为了蕾切尔和我。他冒着断送事业的危险为我们解难。你明白了吗?"

我看着他。"你会把真相告诉蕾切尔吗?"

"我为警方工作的事?是的。我很快就告诉她。"

我摇摇头。"不是那个。是娱乐室里发生的事情。"

"不会。"

我没说什么。

"你听我说,米基。我是他爸爸。我想让她过最好的生活。你能理解的,对吗?"

我仍然不知道该说什么。

他放下篮球,把双手放在我肩上,凑近我,确保我直视着他的眼睛。"那会要了她的命。"考德威尔先生说。他声音里带着恳求的意味。"蕾切尔的确犯了错,把这件事弄得很糟糕,竟然让自己的妈妈向她开枪。其实,让她妈妈丧命的,不是运动包里的东西,而是那个病。是的。但蕾切尔不会那么认为。她会认为如果她不去管这件事,她妈妈现在就还活着。她会认为是她加剧了妈妈的错觉。她会认为是她把妈妈带到这里,是她的行为导致了妈妈的死。她会认识到,正是由于她所做的一切,她妈妈才会向自己的女儿开枪,然后痛不欲生,结束自己的生命。你明白了吗,米基?我是父亲。保护女儿是我的工作。你明白我为什么不能让蕾切尔带着这样的负罪心情度过余生吗?"

"她的确应该受到责备。"我说。我的声音听上去仿佛很遥远。"也许有借口,也许可以理解。但不管怎么说,这件事的确是蕾切尔的错。"

"是的,"考德威尔先生轻声说,"正因为如此,我们这些爱她的人更应该为这事保密。"

我感觉我的内脏仿佛被人掏了出来。"所以你就让布莱恩·塔特和埃米尔·罗梅罗作替罪羊?"

"他们的罪行累累,是否多这两个并不重要。检察官永远不会去证实这件事。这将成为那样的案子之一,人人都知道是谁干的,但没必要去审理。警方不会太努力地去调查,因为他们也不想查清真相。我仍然是举足轻重的卧底。如果这件事公之于众,我的身份会暴露,很多罪犯会逍遥法外。"

我心里感到一种新的难过。"所以我们都必须保持沉默?"

"为了蕾切尔。你能做到吗,米基?"

我不想立即回答这个问题。我转过身,向远处的一棵树走去。

"米基?"

我没有转身,只是继续往前走。最后,考德威尔先生向他的汽车走去。我停下脚步,等到他把车开走后,才继续向那棵大树走去。

米隆伯伯正站在树后。"他要求看你的手机时,我吓坏了。"

"我挂断电话后,才把手机递给他的。"我说。

"我本打算过来的,但你一直没发出信号。"

"我没事,"我说着和米隆伯伯一起向他的车走去,"但有你在这里殿后我感觉更好。"

第四十七章

我不得不开始回复蕾切尔的短信。

回到家后，我才告诉她说，我没在泰勒警长的档案里找到任何重要的东西。总之，我没对她说实话。这样我至少争取到了时间，因为我还不知道该怎样处理这件事。伊玛也想知道情况。但我还不确定该怎么对她说。但说到底，这是蕾切尔自己的事，不是我的。因此，我也没对伊玛说什么。

门铃响了。

米隆在接电话。"是送比萨的。你去接一下可以吗？钱在厨房里的餐桌上。"

我抓起钱，递给门口的人，接过比萨。我把比萨放到餐桌上，倒满两杯水，等着米隆伯伯。他进来，在我身边坐下。

米隆伯伯打开比萨盒子。迷人的香味飘起来，仿佛是我们在神学课上学过的神灵用魔术变出来的。他先给我一块，然后给自己拿起一块。他咬下一口，说："好吃。"

"太好吃了。"我表示同意。

他吞下美味。"你还是不想告诉我事情的原委吗？"

"谢谢你为我殿后。"我说。

"但是……"

时间已经不早了。我不仅疲惫不堪，而且满腹疑虑。"你觉得偶尔说谎可以吗?"

米隆放下他那块比萨,用餐巾纸擦擦手。"当然。"

"真的?"

"真的。你想问的还是那个老问题:只要目的正当,是否可以不择手段?"

"可以吗?"

米隆笑了。"如果有人能确切地回答这个问题,那你得提高警惕。任何一个确切地回答'可以'或'不可以'的人,都是还没把这个事情想透彻的人。"

"那答案是'有时可以'?"

"如果是'永远可以'或者'绝对不能',生活就简单多了。可惜生活却不那么简单。"

"这么说来,有时说谎是可以的。"

"当然。你有女朋友了吗?"

"没有。"

"嗯,我给你举个例吧。如果你未来的女朋友问你,她穿某件连衣裙是否显胖,你要说'不'。"

"我不是这个意思。"

"噢?"

"我说的是大事。如果知道真相肯定会严重伤害到那个人,可以对那个人隐瞒真相吗?"

米隆想了想。"米基,我真希望能给你一个确切的答案。但这说不准。"

"如果有父母要求你对他们的孩子说谎,而且是为孩子好呢?我的意思是说,你不能违背父母的意愿,对吗?"

"唉,"他说,"看来你的处境很狼狈。"

我没吭声。

"我向你爸爸说过一次谎,"米隆伯伯说,"结果毁掉了我和你爸爸的关系。我有时在想,如果我当时说实话……"他顿了顿,把头转开了。眼泪涌出他的眼眶,顺着他的脸颊流下来。他低下头。我又感觉到怒火从心头升起。是的,米隆伯伯,如果你当时说实话,如果你更善解人意,我爸爸就还活着,我妈妈也不会进康复中心,我也不会和你生活在一起。

我差点一头冲出房子。但米隆伯伯似乎感觉到我要做什么,用手按住我的手臂。

"米基,你有必要知道,说谎总是要付出代价的。如果你对亲近的人说谎,哪怕是出于最好的用意,后果永远都在。无论你什么时候再和那个人相处,谎言都会横亘在你们中间。它会压得你直不起腰,抬不起头。不管善良的还是恶意的谎言,你一旦说出,它就永远尾随着你,成为你永恒的伴侣。你明白了吗?"

"明白了。"我说。我把他的手从我手臂上拿开,低头凝视着比萨。"但万一说出真相会彻底毁了那个人呢?"

"那也许你就不该说,"米隆伯伯说,"但你必须知道代价,你得问问自己是否已经准备好付出代价。"

我准备好了吗?

我们俩都默默吃完了第一块比萨,正要伸手去拿第二块时,米隆说:"都安排好了。"

我停住手。"什么呀?"

"掘你爸爸的墓的事。我们明天下午飞去洛杉矶。县长说我们第二天就可以把棺材取出来。"

我呆呆地坐在那里。

"你确定还想做这件事吗?"米隆伯伯问。

"是的,当然。"然后——也许是因为我想表现得感恩一点,也可能是因为他看上去真的需要这句话——我说,"谢谢你,米隆。"

第四十八章

第二天早上,我早早醒来,穿上米隆的旧西装。胸和腰都有点大,但好歹是正装。米隆伯伯放领带的壁橱里塞满了鲜亮的粉红色和绿色领带,是他一个做服装的朋友公司的产品。但我还是设法找到了一条与这个场合匹配的领带,颜色较深较暗。

我的手机响了。来电号码显示的是:卡塞尔顿中学。

"哈罗?"

"米基,我是格雷迪教练。"

"哦。"我坐下,"有什么需要我做的吗?"

"我刚刚和泰勒警长通完电话,"他说,"他说对你的所有指控都撤销了。实际上,他认为你做了一件大好事。"

我感觉到我的手把电话抓得更紧了。

"米基?"

"我听着呢,教练。"

"嗯,我之前的决定是错误的。欢迎你回到校队。星期一下午训练时见。"

我差点高兴得跳起来,但又想起自己正在哪里,今天要发生什么事,所以忍住没动。我感谢教练给我打电话,然后系好领带。

"你想搭车吗?"米隆伯伯问。

"我还是走路吧。"

"我不太清楚你为什么要去。我的意思是说,这是一件令人难过的事。不过,这个男孩二十五年前就失踪了。你显然不可能认识他。"

我不想去纠正他的话。

"米基?"

"嗯?"

"无论你是否认识这个孩子,你看上去都很开心,不像是要去参加这样的纪念活动的人。"

我决定告诉他。"教练刚刚打电话通知我归队。"

米基伯伯毫无征兆地张开双臂,把我搂到他身边。刚开始时,我的身体很僵硬,但后来,我放松下来。我们都明白,篮球对我们意味着什么。甚至伊玛也不能像米隆这样理解我。我不能说我也拥抱了他,但我靠在他胸前,任由他拥抱我。然后,我突然想到勺子多么喜欢拥抱,轻轻将他推开。

我几乎是跑去参加那个纪念活动的,想把心中愚蠢的兴奋跑掉。因此,当我放慢脚步时,才记起为什么去那里。我想到了那张被处理过的屠夫照片,想到了蝙蝠女人,想知道她此刻在哪里。我还想到了伊玛,她是多么想知道她的父亲是谁呀。而我自己也希望查清有关父亲的真相。我也想到了勺子。想到他时,我感觉心底深深地刺痛起来,几乎无法呼吸。大多数时候,我想的都是蕾切尔,想到她父亲想保护她的强烈愿望。如果我可以帮他,我能做点什么呢?

教堂的钟声敲响。太阳光从教堂塔尖上反射下来,仿佛在嘲笑这个悲痛的时刻。教堂门前的画架板上有一张迪伦·谢克的放大照片。与我在蝙蝠女人家走道上看到过的照片一样。照片上的男孩留着卷发,眼神忧伤。

教堂里四分之三的座位被坐满了。风琴手正在演奏恰到好处的悲伤音乐。大家都用在教堂惯用的低语方式交谈着。不过今天他们的声音比平时更小，更加充满敬意。我在靠近最后一排的一个座位上坐下，打量四周。祭坛上摆放着迪伦·谢克的同一张照片。

我四处张望，寻找那张熟悉的面孔。但他暂时还没露面。

上午九点整，风琴声准时停止。耳语声渐渐平息下去。仪式开始。迪伦·谢克的妈妈已经过世，但他爸爸，也就是当初曾被警方怀疑过的人，坐在前排中间。他身穿粗花呢上衣，灰白色的头发看上去颇令人吃惊。

第一个发言的人是迪伦儿时的朋友。对比惊人。我们看看九岁失踪男孩的照片，再看看眼前这位三十多岁的男人，他正在谈论着小迪伦，说他多么喜欢玩儿童足球，喜欢收集棒球卡，喜欢在树林里散步，喜欢研究蝴蝶。

我敢打赌，他最喜欢其中的一项活动。

现在教堂里异常安静，仿佛这座建筑物也在屏住呼吸。难以想象。二十五年前的今天，一个小男孩在校园里被绑架。紧接着，仿佛得到暗号一般，那个小男孩从后面走进教堂。

我目瞪口呆。

他先在后面站了一会儿之后，才在最后一排找个座位坐下。当然，他现在已经长大成人。他戴着太阳镜。除了我之外，没有人看到他进来。除了我，没有人知道他是谁。

小迪伦的第一位朋友发言之后，我行动起来。我慢慢从我那一排走出，向教堂后面走去。我发现他看到我时，满脸惊讶的神色。他起身向出口走去。我疾步跟上。他大步走出教堂，走进温暖的阳光中。我继续跟着他。

我看到那辆熟悉的黑车就在前头。

"站住。"我对他说。

光头慢慢转过身，摘下太阳镜，向我走过来。乍眼一看，你根本看不出来。那头卷发显然没有了。照片上的男孩瘦得像稻草人，这个男人却高大健壮。唯一可能暴露他身份的，是他摘下太阳镜后那双眼睛。它们看上去仍旧有些忧伤。

"这么说，你什么都知道了？"光头对我说。

"是的，"我说，"但我不明白。"

他嘴角浮现出一丝笑容。

"既然你还活着，"我继续说，"你为什么不告诉任何人？你究竟发生了什么事？"

他没回答。

"是阿贝欧纳庇护会救了你吗？"

"可以这样说。"他说。

"蝙蝠女人去哪里了？我简直搞不懂。她给我那张照片是处理过的。上面的人不是屠夫。"

他皱起眉头。"你确定吗？"

"你这话什么意思？"

"照片上的人就是屠夫。"

"但——"

"他是你的屠夫，米基。她就是为了让你明白这一点。"然后，光头男人，也就是迪伦·谢克，重新走到教堂的玻璃门前，看着坐在前排的父亲，"我们都有自己的屠夫。"

我觉得浑身颤抖起来。我想起蕾切尔遭枪击后他说过的话。我曾问过他为什么选中我们——勺子、伊玛、蕾切尔和我。他当时看上去心烦意乱。他是这样说的："为什么是你们？"然后，他又补充说："为什么是我？"

我紧张地吞了口唾沫。"你是被绑架的还是被救走的？"

他仍然看着他的父亲，说："有时，甚至我自己都不知道。"

"迪伦?"

他闭上眼睛。"别这样叫我。"

"我爸爸还活着吗?"

他没回答。

"我要飞去洛杉矶。我们要掘开我爸爸的坟墓。"

他转身对着我。

"我们会发现什么?"我问他。

他用双手扳着我的肩膀,笑着说:"真相。"然后,他放开我,迈步向那辆黑车走去。"祝你好运,米基。"

"蝙蝠女人在哪里?"

"她很好。她很快就会回来,给你们带来另一个任务。"

"我朋友受了枪伤。"

"我知道。"

"他怎么样了?"

"他的情况不妙,不过……"

"不过什么?"

迪伦·谢克停下脚步,重新走回我面前。"关于我们,关于所有被阿贝欧纳庇护会选中的人,有一件事你应该知道。"

我站在那里。"什么事?"

教堂门在我们身后打开。教区居民开始往外走。"我们都比我们意识中的自己更强大。"说罢,迪伦·谢克钻进黑车后座,"无论事情怎样发展,我们永远必须追寻真相。"

第四十九章

飞去洛杉矶之前,我还有足够的时间,可以完成一件重要的事情。

不过,甚至在蕾切尔按下开关,让我走进她家大门后,我还不确定我该怎么做。我想到了考德威尔先生说过的话。他想保护女儿。作为父亲,那是他的权利,对吧?我又想到自己的父亲,想到他如何保护我不受伤害。那么,我为什么要干预这件事?为什么要让蕾切尔知道她妈妈因她而死?为什么要迫使她生活在内疚之中?他爸爸已经对这件事深思熟虑,做出对女儿最有益的决定。

我有什么资格违背这位父亲的意愿?

我正要转身往家走,蕾切尔出现了。她发现我神情异常,关切地问:"米基?你怎么啦?出什么事啦?"

一切近在咫尺。

"米基?"

但就在那短暂的瞬间,我想到了米隆伯伯说过的话,想到了说谎的后果。我还想到了阿贝欧纳庇护会和我的朋友们,以及迪伦·谢克说过的话。是的,伊玛、勺子和我曾合力救出阿什莉。但真正让我们一直保持团结,不可分割的,是我们共同的需要:知道真相。

我看着蕾切尔,感受着她的力量。诚然,真相可能伤害她,但相比之下,不会比一生背负谎言造成的伤害更深。暂且不说迪伦·谢克。勺子在病床上痛苦挣扎时,已经把什么都说了出来:

你们不能停止，一定要查清真相。

"米基?"蕾切尔说，"出什么事啦?你这个样子让我很害怕。"

这对我不是个容易做出的决定。米隆伯伯已经警告过我，生活从来就不简单。但我仍旧已向勺子承诺过，我们不会停止追寻，直到查清真相。我们这样做——我们做出这些牺牲——并不仅仅是为了让朋友生活快乐。

我拉起蕾切尔的手，说："有些事我必须告诉你。"

她看着我的眼睛。"有那么严重吗?"

"是的。"

蕾切尔紧张地吞了一下唾沫，挺起胸。"我听着呢。"

接着，我把真相告诉了她。